SOBERBIA

SOBERBIA

Recaredo Veredas

DE CONATUS

COLECCIÓN ¿QUÉ NOS
CONTAMOS HOY?
NOVELA

El papel utilizado para la impresión de este libro ha sido fabricado a partir de madera procedente de bosques y plantaciones gestionadas con los más altos estándares ambientales, garantizando una explotación de los recursos sostenible con el medio ambiente y beneficiosa para las personas.

Título:
Soberbia

De esta edición:
© De Conatus Publicaciones S.L.
Casado del Alisal, 10
28014 Madrid
www.deconatus.com

Copyright © Recaredo Veredas, (2024).

Primera edición: abril 2024

Diseño: Álvaro Reyero Pita

ISBN: 978-84-17375-97-3
Depósito legal: M-2159-2024

Printed in Spain
Impresión: Artes Gráficas COFÁS, S.A.

La editorial agradece todos los comentarios y observaciones:
comunicacion.deconatus@deconatus.com

A Inés

ÍNDICE

La esclavitud más denigrante es la de ser esclavo de uno mismo.
Séneca

La primera leche nunca se olvida.
Fernando Ariza

A mi noche no la mata ningún sol.
Alejandra Pizarnik

I

LA PROMESA NACIONAL

∞

Ha decidido estudiar Medicina, como su padre, y llega a la facultad sin un solo obstáculo, siguiendo una línea tan recta como una carretera que cruza el desierto. Sebastián López de Lucena es un joven encantador, con el pelo largo y liso, peinado con descuido. Es uno de los pocos que pueden permitirse no llevar chaqueta. La cambia por camisas con largos picos y jerséis de lana. Su aspecto lo sitúa en una zona intermedia, alejada al mismo tiempo de la seriedad de la corbata y de la rebeldía de los vaqueros de campana. Siempre mantiene la atención y la sonrisa, tanto en clase como cuando recorre los anchos pasillos, iluminados por fluorescentes, que nadie pinta desde décadas atrás.

Gracias a su liquidez —sus padres le sueltan billetes como si fueran cromos— consigue que las librerías le traigan revistas americanas e inglesas, que paga a precio de oro y después regala a los departamentos que más le interesan. Sus conocimientos son más modernos que los del claustro, atrasados más de una década respecto de los grandes laboratorios.

Su tiempo de estudio, entre la última madrugada y la primera mañana, es sagrado para la familia y el servicio. Todos guardan silencio, incluso el padre no se atreve a pasar las páginas del periódico en el salón y se esconde para leer en su dormitorio. La escasa familia cree unánime que su presencia en el mundo responde a una causa superior. Le repiten que llegará al Premio Nobel, que lo tiene todo para cumplir el destino que la familia merece. Sebastián también lo cree y se considera un pequeño genio, aunque hasta entonces no haya demostrado su talento.

Desayuna todas las mañanas tostadas recién hechas, con mantequilla y mermelada. Las complementa con un huevo pasado por agua o jamón ibérico. Siempre a su elección, como si se tratara de un restaurante o, más bien, el buffet del desayuno de un hotel de lujo. Si la tostada se quema, aunque sea sólo por el borde, la devuelve. La criada le sirve el desayuno en la mesa del comedor, con mantel de hilo y cubiertos de plata, y a veces hasta apunta sus genialidades en una libreta, arrodillada a su vera. Cuando se le cae una miga al suelo siempre la recoge. Sebastián nunca va a la cocina, ni a por un vaso de agua ni, por supuesto, hace su cama. Es perfecto y así se considera cuando se repasa frente al espejo. Su único defecto es una mancha marrón, casi negra, de bordes irregulares, como una isla volcánica situada en el centro de la espalda. La ha heredado de su padre.

Se decide por la neumología porque toda una rama de su familia paterna murió por la temida fibrosis, que convierte los pulmones, tan flexibles y rosados en su origen, en carcasas rígidas, rotas. Morir ahogado no es un simple miedo, es una posibilidad real. Y aunque ni su padre ni él muestren asomo alguno de degeneración pulmonar, la impresión que le causa esa muerte lenta, ineludible, precedida por meses de ahogos, es tan fuerte que intentar una cura se convierte en su mayor propósito. Nadie ha conseguido el implante de un pulmón artificial. En Estados Unidos, en 1963, en el salvaje estado de Mississippi, un condenado a muerte eligió conmutar su pena por la operación. Murió, pero pudo sobrevivir varios días con una prótesis de silicona en mitad del pecho. Ha sido el único intento que ha conseguido una mínima supervivencia. Sebastián no se apoya, ni mucho menos, en los estudios realizados por unos bárbaros sino en las tesis de un catedrático de Heidelberg, en la Selva Negra de Alemania, que lleva años estudiando las posibilidades de tan atrevida operación. Es tal su orgullo, su amor propio, que cuando se encierra en su habitación teme que su precioso cuerpo sea destruido por Dios, envidioso de su gloria futura.

Ha decidido que las juergas de universidad son, ante todo, una pérdida de tiempo que bajo ningún concepto puede asumir. La vida es demasiado corta. Tiene amigos en clase, sin duda, pero todos son brillantes en la carrera, tienen una familia superior a la suya o le aportan desahogo sexual. Estudia antes del amanecer, cuando una leve luz clarea la oscuridad y los coches de los últimos juerguistas y los primeros trabajadores alteran el silencio. Siempre sigue el mismo ritual, bebe dos cafés cargados, abre el manual de neumología, coloca un lápiz y un gran cuaderno sobre la mesa y empieza a estudiar. Alterna manuales universitarios, revistas especializadas y libros escritos en otros idiomas, que traduce gracias a sus conocimientos y a diccionarios. Le interesa sobre todo la ciencia alemana. Con la ayuda de un curso por correspondencia descifra poco a poco las declinaciones y las palabras unidas. Cuando algún compañero, o él mismo en un día de flaqueza, cuestiona su objetivo se dice que su meta es la gloria, sí, pero también que cientos, miles, de enfermos que mueren ahogados podrán salvarse, aunque sea con una cicatriz que parta su cuerpo en dos.

La política es la segunda pasión de Sebastián. Opina que es imprescindible pero también peligrosa: exponer lo que debe reservarse significa demasiado en un tiempo lleno de incertidumbre. Nadie sabe si el franquismo continuará, con formas más o menos democráticas, o si será sustituido por una república socialista y vengativa. Sigue el criterio familiar, que le anima a nadar al mismo tiempo en todos los mares. Es una manera de estar en el mundo que también utiliza con las mujeres, incluso con los suyos. Sólo existe algo de verdadera importancia en el mundo: uno mismo.

Sebastián y su familia viven en un barrio próximo a la Castellana madrileña, un pequeño París con calles anchas y arboladas, con edificios que nacieron como mansiones y terminaron como pisos, donde la élite de la ciudad duerme y muere y adonde todo arribista aspira a llegar. Ocupan un lugar intermedio en la comedia, situado entre las grandes fortunas y los profesionales meritorios. Llegaron allí hace cincuenta años, desde un barrio cercano pero distinto, próximo a la Gran Vía, donde ocupaban un piso pequeño, en el límite de la humildad. Al piso se accede por una gran escalera, cubierta por una alfombra persa, rodeada de plantas y esculturas de titanes que cuelgan de los muros —forma un conjunto más propio de un salón enloquecido que de un simple portal—. Más allá aparece una escalera circular y doble, dividida por un amplio ascensor de madera tapizado en rojo, atendido en tiempos por el ascensorista y desde los años cincuenta por el portero. En la tercera planta viven ellos, la familia López de Lucena, respetados por su amor a la cultura aunque se murmure contra ellos por su falta de apego al régimen y su devoción variable. Alfonso, padre de Sebastián, sólo acude a misa en celebraciones y en fiestas mayores como Navidad o Viernes Santo. Es médico y filósofo aficionado. Su esposa visita la iglesia con mayor frecuencia, pero también se ausenta durante meses sin motivos ni explicaciones. Es parte del carácter familiar: estar sin estar en cualquier ámbito, tal vez en defensa de una libertad que provoca al poder, pero que también pacta para evitar la pobreza y conseguir el anhelado prestigio. Tienen la habilidad de alterar los límites a su conveniencia.

Es la suya una casa con altos techos, adornados con escayola y una gran biblioteca de madera, con escalera circular, ordenada por materias y épocas, donde coexisten la historia, el ensayo y algo de narrativa, aunque la novela sea considerada un género menor, adecuado para las tardes de verano. Están todos los griegos, en el idioma original —que nadie en la casa entiende— y traducidos al francés, que aseguran dominar Alfonso y su esposa. Compraron la colección entera durante un viaje a París a un escritor viejo y fracasado que la vendió por unos pocos francos. Adoran su biblioteca, aunque apenas dispongan de ella y los libros se llenen de polvo tras el cristal que los protege. No les importa que en muchos las hojas aún permanezcan pegadas. Ya las abrirán sus hijos o sus nietos. Apenas nadie accede a los estantes más altos, todavía llenos de suciedad porque la criada sólo los limpia una vez al año, siempre que no haya labores más urgentes. Sin embargo, presumen de sus libros sin descanso. Si alguien preguntara por ellos en la sociedad madrileña, lo primero que se comentaría es su bibliofilia. La adoración por la cultura se detecta en el tamaño desproporcionado de la biblioteca respecto del resto de la casa. La estantería llena el salón, las dos paredes del pasillo y dificulta el paso. Quien vaya del salón a la cocina debe caminar de perfil, pero nadie se plantea una reforma. Han llegado a pensar en reducir aún más el espacio del salón y dárselo a los libros, cambiando los estantes de la biblioteca para que alberguen una segunda fila. Si la criada debe ir con la sopera en la mano, y no en un carro, es lo de menos. La cultura merece cualquier esfuerzo. La casa está llena de fotos con intelectuales ilustres de la época, desde Unamuno o Marañón a, por supuesto, Ortega y Gasset, uno de los ídolos de la familia. Los dormitorios y la cocina, la zona privada de la casa, son pequeños y dan a un patio. Son espacios que no se enseñan ni precisan aprobación ajena, en los que no es necesario invertir más allá de una comodidad mínima. En los huecos que dejan los libros hay retratos de hombres serios y mujeres sentadas, con largas faldas que caen en suelos de mármol, con fondos que corresponden a paisajes de montaña idílicos e imaginados o a palacios con grandes fachadas. Han comprado en distintas subastas retratos de artistas ingleses de segunda fila, imitadores de Sargent que, como él, retratan a damas en sus salones, con mirada desafiante y vestidos que no admiten cuestionamiento. Nunca se los atribuyen a su familia, pero tampoco comentan su pertenencia real si el curioso no insiste demasiado. El dinero —tan importante como el apellido, pues es el cincel que mantiene sus rasgos— llega cada mes gracias a cuidadas inversiones en la pujante industria del norte, con especial atención a la siderurgia, que empieza a emplear a obreros de toda España, sobre todo de Extremadura y Andalucía. Se hacinan en torres de ladrillo, levantadas con material de derribo, que se solapan unas con otras bajo los cielos negros.

Los López de Lucena se adaptan a una modesta oposición al franquismo. Pasada la posguerra se libran de cualquier penalidad gracias al patrimonio familiar y al prestigio del padre. Alfonso es cirujano y ralentiza las metástasis con un uso magistral de las herramientas de su época. Consigue remesas de morfina y las aplica cuando todavía no están dentro de los protocolos médicos y sólo las utilizan los ricos para colocarse. Es un maestro en su dosificación y los mantiene conscientes hasta que los dolores son insoportables. Cuando exhalan el último aliento en paz, siente entre sus manos la huida de los veintiún gramos que pesa el alma y se siente dueño de la vida y la muerte. Tiene entre sus pacientes a políticos de los dos bandos, porque alivia en Montpellier el dolor de un presidente de la República en el exilio. Su mayor éxito ha sido conseguir que un primo de Carmen Polo se despida de su familia sin dolor y con lucidez, incluso dando consejos a su primogénito sobre la gestión del negocio familiar.

Sebastián se pregunta durante toda su juventud si su padre se inyecta morfina en secreto, si la sonrisa beatífica y el sueño que no termina en sueño que tiene tantas noches, cuando se queda a media luz en el salón hasta la madrugada, tiene que ver con eso. Se plantea hasta qué punto disfruta vigilando la muerte de los pacientes, controlando no sólo su conciencia sino también su finitud. Si siente placer cuando expiran gracias a la morfina que les ha inyectado.

Sebastián asiste desde pequeño a tertulias en el salón de su casa, donde su padre reúne a catedráticos y escritores progresistas. Es un salón enorme, con ambientes y sofás cómodos, atendido por el servicio, que llena las copas sin descanso y con una atención privilegiada, propia de quienes centran todo su interés en la aprobación ajena. A veces las tertulias desembocan en cenas, en su propia casa, y en whiskies hasta la madrugada. No hay mayor orgullo para la familia que contar con invitados de calidad. Cuando se desinhiben critican al régimen con dureza, incluso con burlas, y planean pequeñas conspiraciones, que nunca se llevan a cabo porque ninguno tiene valor para tomar el liderazgo. En el fondo saben que todo es inocuo: lo que le preocupa al régimen es la sublevación del pueblo. Podría afirmarse que le conviene que las élites sean rebeldes y publiquen manifiestos en sus revistas, porque así demuestran que la dictadura lo permite y los franceses pueden respirar tranquilos.

Un líder lo es siempre, también en política. Sebastián no sabe si desea tal carga, pero se siente obligado por su destino. Como tal participa en manifestaciones contra el franquismo y firma algunos manifiestos, no todos. Tiene la habilidad de los suyos y suele escapar del alcance de las porras. Su especialidad es subirse al primer piso de la facultad, tirar sacos de afiches y salir corriendo. Es simpatizante del Partido Comunista, aunque nunca afiliado. También coquetea con la Falange auténtica porque, como los comunistas, busca la liberación de la clase obrera y considera a Franco un traidor. Sólo una vez roza el peligro. Regresa caminando a casa, por Avenida Universitaria, charlando con dos compañeros, cuando un tumulto se les echa encima. El sol brilla, cegador, sobre los policías a caballo. Parecen jugadores de polo golpeando con sus porras las espaldas de los jóvenes. Sebastián se tira al suelo para evitar el derribo, pero a los jinetes los acompañan policías a pie, que lo alzan desde la acera y lo meten en un furgón negro. Allí lo insultan —rojazo, niñato— unos hombres enfadados, vestidos con ropa pesada, con mal aliento. Lo tiran al suelo del furgón y empiezan a patearle en el vientre, en el pecho, en la cabeza. Sólo se detienen los golpes en comisaría, cuando escribe en su libreta el nombre de un general, ministro de Franco y amigo de la familia. Un hombre encantador, aunque en la guerra barriera la retaguardia y fusilara a cinco mil republicanos por el único motivo de serlo. La policía no cree que conozca a un héroe de guerra varias veces condecorado, pero el miedo a una posible represalia y la chulería de Sebastián hacen que prefieran moler a palos a los demás. Sus amigos le exigen el nombre a gritos, para librarse de los cadenazos y las bofetadas, pero sale de la comisaría sin dárselo. Son conducidos al calabozo a empujones, desde donde llegan los gritos.

Unos cuantos porrazos son imprescindibles para cualquier leyenda, se dice camino del metro, con la cara manchada de sangre, intentando enderezarse para olvidar su dolor de espalda mientras los peatones huyen de su lado.

Sin embargo, consigue que nadie le odie porque al día siguiente aparece en el local de la asociación con dos abogados penalistas que coordinan la liberación inmediata de los estudiantes. No les cuesta demasiado, son sólo manifestantes, ninguno conoce a líderes de la resistencia. Esa misma tarde, Sebastián pronuncia un discurso enardecido en la asociación, entre los carteles de amnistía, los jerséis de cuello vuelto y los moratones de sus compañeros.

—Si no estuviera libre —comenta ante la caterva de jóvenes con gafas y jersey—, no podría haberos salvado. Alguien tiene que quedar, siempre.

Uno de los falangistas le propone tomar un café. Podría pasar por un revolucionario, por el jersey, las patillas y las manos llenas de asperezas. Acepta porque todos defienden a los trabajadores y desprecian a Franco. Van a la cafetería de la facultad, donde se mezclan los profesores y los alumnos, las charlas sobre tumores y enfisemas y las cargas policiales. Mientras remueven un café en vaso y miran a las chicas, le propone que sea chivato de la policía. Aprobará sin estudiar.

—Camarada, el estudio es mi mayor pasión. No puedo permitir que se me aplique una exigencia menor. Sobre todo por los pacientes que confiarán en mí en el futuro.

—¿Qué quieres entonces?

—¿Qué quieres tú? Soy yo quien te puede dar trabajo cuando seas médico, porque sólo de chivato… Respétame y yo te respetaré a ti.

Desde entonces se saludarán con una sonrisa leve cuando se crucen por los pasillos. El calabozo le ha enseñado, primero, que no puede implicarse en política, segundo, que a nadie le convienen los enemigos. Ha visto el desastre demasiado cerca. No puede perder todo lo que le importa, incluso más que la vida, por una decisión temeraria.

Los López de Lucena, desde antes de su existencia, han estado en la retaguardia, en puestos intermedios entre el caciquismo y la corte, a las puertas de conseguir una entrada en la enciclopedia, pero sin lograrlo. Agustín, el abuelo, fue uno de los primeros españoles en tener cuentas en Suiza. Creó un complicado engranaje que asistía tanto a los alemanes como a los franceses, perdidos ambos en esas terribles batallas de trincheras y guerra química, donde miles de hombres eran sacrificados como animales y la medicina era más necesaria que nunca. Jamás sintió culpa alguna, siempre creyó que el bien puro no se mantenía solo, siempre necesitaba un estímulo. Sin ganancia ni beneficio se desinflaba, se convertía en moralina. Podría parecer que estaban estafando al Estado, quitando esas medicinas a otros, pero el delito era el único camino para su propósito. Sebastián siempre recordará las palabras de su padre:

—El mal y el bien siempre están unidos, quien hace el bien debe rendir cuentas también al mal. El bien puro es para las monjas de clausura. El resto debe pactar con las zonas grises. Debe bajar al barro para luchar y llevar algo a su casa, porque si no, se lo llevará otro.

Las escasas mujeres matriculadas en Medicina se sientan juntas, en la segunda fila, y miran a los hombres con disimulo. Sobre todo a Sebastián. Algunas, incluso, desafiando las reglas estrictas de la época, le invitan a dar un paseo. Él siempre bromea con ellas y llega tarde a las citas, a muchas se atreve a darles plantón. Se inicia en el sexo con una compañera, en el laboratorio de la facultad, durante unas prácticas que terminan demasiado tarde, bajo la luz del atardecer que entra libre por los grandes ventanales, apartando los tubos de ensayo y las pipetas, subiéndole la falda y bajándole las bragas. Para ella también es la primera vez y tienen que limpiar la sangre sobre el tablero negro. Alterna una con otra hasta que se cansa y decide escoger. Lo hace con descaro, sin preocuparse de que las participantes conozcan la competición. A veces se equivoca, ni siquiera se acuerda de sus nombres. Sabe que cuanto menos le importe mayor será su gloria. Debe actuar con absoluta indiferencia. Y no lo hace a conciencia, lo hace, como siempre en su vida, porque es su deber.

El único que le hace sombra en la facultad es un tal Luisito Gamazo, que proviene de una dinastía de oftalmólogos y también se interesa por la complejidad de la respiración humana, por los pulmones, los bronquios y los alveolos, la fibrosis y la neumonía. Es tan joven, tan petimetre y tan estudiante como él. Aunque ambos lo ignoren, los dos se levantan a la misma hora, apenas separados por doscientos metros y dos bocacalles. A veces contemplan el amanecer con las mismas esperanzas de éxito. Forman una pareja modélica y las chicas los miran aparte, como si fueran los únicos trofeos del salón. Gamazo es uno de los pocos rubios auténticos de la clase, tal vez porque su abuela es británica, emparentada con los bodegueros jerezanos. Sin embargo, frente al resto de las alumnas aparentan ser los mejores amigos. A veces se quedan en silencio, mirando hacia el horizonte, encantados de conocerse, admiradores mutuos de su belleza.

Luisito fue quien le presentó a Blanca Samaniego en una copa convocada en el salón de sus padres, sobre cuatro alfombras iraníes de fondo rojo y largos flecos, colocadas una tras otra, soportando muebles macizos y soperas de plata. Fue un cóctel servido por criadas y aderezado por baile suelto, twist y rock and roll. Luisito, además, sabe inquietar a su amigo. A su familia, experta en heráldica, conocedores desde la cuna del *todo Madrid*, les extraña su apellido y le pregunta si es en realidad compuesto o, como hacen tantos, ha colocado un «de» en la mitad de su nombre para ennoblecerlo. Lo hace en mitad de la fiesta, justo después de presentarle a Blanca y mientras ella charla con sus amigas. Juega a esa mezcla de afecto y desprecio tan propia de la burguesía: le presenta a su mayor joya y, al mismo tiempo, cuestiona su pedigrí. Sebastián no le responde, se limita a sacar el DNI y a plantárselo frente a su cara.

—No lo volveré a hacer, Luis. Con mi familia no se bromea.

El mayor logro del cuestionamiento es que la duda empiece a germinar en la conciencia de Sebastián. Una duda que crecerá durante las noches de insomnio, cuando las fronteras entre lo cierto y lo falso, entre el terror y el valor, se difuminen y se pregunte de dónde viene su apellido doble, por qué hay bruma y silencio más allá de su abuelo. Ignora que sus sospechas son ciertas: su apellido doble nace cuando Agustín, el contrabandista y fundador de la saga, lo crea de la manera más fácil, pagando mil reales al secretario del registro. Sólo tuvo que escribir una «de» en el lateral de la hoja y sellarla. Gracias a tan discreta gestión puede elevar el mentón y sentir orgullo mientras pasea por la calle Almagro. Todas las familias tienen secretos y este es peor que el contrabando. A nadie le extraña que ellos sean los únicos López de Lucena, que el apellido no aparezca en libros heráldicos ni enciclopedias. Agustín era consciente de esa anomalía y confió en que los años la paliaran: los López de Lucena pronto llenarían las páginas y los periódicos con sus logros. Alfonso, el padre de Sebastián, ha escuchado a sus abuelas comentar que su padre unió los dos apellidos pagando a un funcionario del Registro Civil que estaba obsesionado con la aristocracia, pero nunca ha atendido a la conversación. Quienes reconocen las debilidades de su familia están acabados. En Córdoba quedan parientes que no llevan el apellido unido sino que mantienen el Lucena y alardean de ello. Todas las Navidades y todos los cumpleaños llaman por teléfono. Como Sebastián nunca lo descuelga insisten una y otra vez hasta conseguir hablar con él. Son perseverantes. Al fin y al cabo, es el niño de la familia.

—Soy María Lucena, tu tía. ¿No te acuerdas de mí?

Alfonso confía en que Sebastián no se dé cuenta y el secreto se termine con él, que ni siquiera cuestione su cuna, que no se plantee la falsedad de su nombre ni hurgue en el origen de su dinero. Si pese a todo lo hace, si su hijo recuerda el apellido de esa tía perdida, espera que abandone la búsqueda de la verdad por fatiga u orgullo. Alfonso admira a su padre. Cree que fue el héroe oscuro que precisa toda saga, el hombre que traficó con morfina para que los López de Lucena ascendieran en la escala social lo correspondiente a cuatro generaciones. De nada habría servido su sacrificio en combate. Habría muerto en un acto, tal vez heroico, que no reconocería nadie, porque en las guerras mueren miles, millones de soldados cuyos nombres son enmascarados, borrados por los grandes números. Sin embargo, los frutos del primer López de Lucena permanecen y permanecerán. Sabía, como todos sus descendientes, que el país más importante de todos es uno mismo, que su destino único era llevar a su familia a su lugar.

Blanca Samaniego es una de las primeras licenciadas en Medicina. Bella y fría, morena y delgada, parece una bailarina clásica, siempre a punto de ponerse el tutú. Prima lejana de Luisito Gamazo, sabe que su destino es ser una esposa ejemplar. Por eso no cursará el MIR, aunque sólo se siente libre, completa, cuando ejerce ese poder casi divino de los médicos que les permite esquivar la muerte y limpiar el cuerpo de los enfermos. La medicina no es su única temeridad, también ha aprobado el carnet de conducir y lo ha hecho a la primera, sujetando el volante con las dos manos, metiendo las marchas en el momento exacto, con la misma precisión que emplea en el laboratorio. Pertenece a una familia casi simétrica a la de Sebastián. Su padre también es médico y su madre una enfermera heroica, tan implicada en la guerra que pasó tres años de frente en frente, curando heridos y ayudando a los cirujanos. Pese al fracaso que implica el abandono de la carrera, Blanca quiere pactar con la realidad. Su victoria llegará cuando tenga hijas y sean ellas las médicas o consejeras de una gran empresa. Tal vez, pasados los años, pueda ayudar en un laboratorio o en una consulta privada. Viven en un piso oscuro, con un largo pasillo, lleno de cuadros antiguos y muebles de sus antepasados. Su habitación es interior, ascética. Apenas cuelgan de las paredes la orla y una reproducción de una marina de Sorolla. Aspira a que la casa de su familia esté llena de luz. Tienen un galgo italiano que pasean cada mañana. Como el resto de la familia es pequeño, tiene frío y se cansa con facilidad. Provienen de Extremadura, de una saga fundada hace quinientos años por un virrey de Perú. Acaparó tanto oro que creyeron que duraría hasta que el sol extinguiera a la tierra. Como todas las familias millonarias se dividieron en ramas muy distintas y se robaron el patrimonio como harpías.

Blanca sabe que Sebastián se lía con otras chicas de clase, pero no le importa. Su carrera es distinta, a largo plazo, porque cuenta con sus apellidos y una belleza helada, de nariz fina, cuello largo y labios delgados. Es bueno que Sebastián se desfogue durante su juventud. Eso le asegura una madurez tranquila y ahí llegará su momento. Se indignará cuando aparezca con olor a ginebra y a perfume juvenil, pero no demasiado. Es joven, tiene veintidós años y toda la vida por delante. Puede prolongar la etapa de paseos de la mano por el parque del Oeste durante meses, nunca años porque se desanimaría. El interés de los hombres debe ser a la vez cortado y alimentado, con delicadeza e interés.

Sebastián no la quiere especialmente. Si se lo permitiera se masturbaría frente al espejo. Ha escogido a Blanca porque ha llegado el momento de crear una familia y ella es, con diferencia, la más adecuada. Unirá el futuro de los López de Lucena con el pasado de los Samaniego. Como siempre, Sebastián aplica la máxima contundencia a su propósito.

Crea un gráfico en un cuaderno cuadriculado, que indica la progresión del romance, qué días debe llamar, en cuáles debe fingir ausencia, qué tardes debe mostrarse romántico y pasear de la mano, en cuáles tiene que aparentar descaro, incluso apunta con qué compañeras debe ser visto. Sabe que, para enamorar a Blanca, no basta un ataque frontal. Los celos injustificados son esenciales. Ella, por su lado, no puede defraudar el esfuerzo de los suyos: debe dar brillo a la familia y pensar en las próximas generaciones. Sabe que Sebastián sólo se quiere a sí mismo, pero también que es atractivo y que a su lado tendrá solvencia y la mayor libertad posible. También lo admira y le gusta que su hombre se levante antes del amanecer para estudiar y tener el mejor futuro. A veces siente el impulso de cruzar la ciudad para llevarle un café y un cruasán, pero nunca lo hará, sobre todo por timidez. Le atrae el amor a la cultura de los López de Lucena, aunque le genere cierta ansiedad y ni siquiera se plantee la certeza de su apellido. Incluso le alivia su inseguridad: concede a su familia una superioridad por la que no tendrá que luchar.

Aunque los apellidos de Blanca se vinculen con frecuencia a un considerable patrimonio, rozaron el hambre durante la posguerra. Como tantos, comieron mondas de patatas y bebieron café de achicoria. Se prometió a sí misma que su familia nunca más vagabundearía por la Ribera de Curtidores buscando desechos de contrabando. Ella es y será siempre una señora, y son otros, los auténticos hombres, los que deben traer comida a casa. Ignora que en casa de su prometido fueron las mujeres quienes compraron un burro destripado.

∽

La tesis doctoral de Sebastián muestra sus hipótesis sobre el implante de un pulmón artificial. La defiende en el aula magna de la facultad, una mañana de invierno, dominada por un sol absoluto. Le rodean treinta filas, llenas de trajes oscuros y silencio. Se mueve, con su soltura habitual, frente a una pizarra negra donde dibuja distintos modelos de prótesis. La exposición consiste en sus palabras y sus dibujos, aunque también muestra una réplica de los pulmones en silicona, con todas sus ramificaciones y bronquios. Es casi un juguete, pero Sebastián es consciente del poder de la imagen. Mientras habla —sobre todo cuando quiere despertar al público— las enseña. Aspira a que conozcan su talento, pero también quiere que vean su resultado. El laboratorio de Barcelona que creó las prótesis tuvo tentaciones expresivas: quería que los pulmones reflejaran el dolor de quien los necesita. Sebastián los frenó en seco. El único propósito era salvar vidas, no crear una pieza artística.

Está orgulloso porque su tesis no ha culminado, como le ocurre a la mayoría de los alumnos, con una simple disertación sino con una aplicación real. Tras ese modelo azul, ligero como un cristal de Bohemia, hay miles de horas de trabajo. Es un reto tan difícil que sólo diez estudiantes en todo el mundo lo han elegido como materia de su tesis. De todos ellos Sebastián es el único que tiene valor para convertir en realidad la teoría.

La medicina del franquismo lo mira con deseo. Necesita éxitos que mejoren la imagen del régimen. Quiere aparecer en la portada de *Le Monde* o el *New York Times*, en la RAI o la BBC, que España no sea conocida por sus generales con bigote, ni por sus viudas eternas sino por sus jóvenes cirujanos, fuertes y sonrientes. Apenas han pasado cinco años desde el trasplante de corazón del marqués de Villaverde, yerno del Caudillo. Fue un fracaso legendario. Conseguir el implante de un pulmón artificial sería un triunfo definitivo, doble si el paciente sobreviviera hasta la primera entrevista y pudiera posar ante la prensa internacional. Cierra los ojos y le imagina aún en el hospital, respirando limpiamente, agradeciendo ante las cámaras de la BBC los años de vida que le restan.

Sebastián ha pasado siete estancias en Heidelberg, bajo las órdenes de Karl Fichte. El alemán, por lo precario de su pulso, no se atreve a afrontar el implante por sí mismo. Prefiere los libros a los quirófanos, los modelos a las intervenciones. Es un sabio clásico, con corbata desmañada, cabello alborotado y gafas gruesas. Sus pacientes favoritos son los mineros del carbón, condenados a la asfixia desde su nacimiento. Cuando encuentra en una autopsia un pulmón de minero, ennegrecido, se emociona hasta el llanto. Durante la guerra fue médico en un campo de concentración. Allí experimentó sin límites. Van a morir de todos modos, se dijo. Siempre tuvo el detalle de anestesiar a sus víctimas, pero fue detenido y juzgado tras la victoria aliada. Tal vez influyó en su absolución su conocimiento de las hierbas alpinas, que alivió la bronquitis de un juez neoyorquino.

El Colegio de Médicos alemán es partidario de quitarle el título por su heterodoxia (su pasado no les preocupa). Nadie cree que sea posible el implante de un pulmón artificial y menos doble, como ha conseguido Fichte con cobayas y, por supuesto, con muertos conservados en formol —a los cadáveres es posible incluso trasplantarles una piedra—. Sus teoremas funcionan, como funciona siempre cualquier estrategia solvente y han cautivado a Sebastián. Pasó todas sus estancias alojado en una pensión junto al río, en la ciudad vieja de Heidelberg, junto a duelistas que anhelan una nueva cicatriz que les distinga. Estuvo a punto de lograr una en la mejilla derecha, pero sabía que en España nadie las valoraría.

Era feliz paseando con un libro de Heine bajo el brazo por los bosques oscuros que rodean la ciudad, mientras sonaban en su conciencia arias de Wagner. Pese a su éxtasis y su entrega Fichte le había recibido con cierto recelo, sobre todo por su origen. Le extrañaba que un estudiante español, de esa tierra tan bárbara y lejana, tuviera tanto interés en su trabajo, que hasta había aprendido alemán para leerlo. Sebastián tuvo que esforzarse, que pasar prueba tras prueba, no sólo de conocimientos, también de actitud y entusiasmo. Le citaba a las siete de la mañana en su despacho de la facultad y aparecía a veces una o dos horas más tarde, a veces a la hora convenida, probando así la puntualidad de su alumno y su disciplina. Sebastián nunca se quejó. Siempre esperaba con el libro abierto, leyendo y releyendo la compleja anatomía del pulmón y la insólita visión de Fichte sobre el tema.

Sintió una profunda vergüenza las dos veces que le tomaron por un criado del profesor. Le confundieron con los otros emigrantes que llenaban los barracones de toda Alemania y trabajaban en las fábricas de sol a sol, le cargaron con abrigos y maletines y le obligaron a permanecer en la sala de espera. Desde la segunda confusión se esforzó por no hablar español y, gracias a su nombre, se hizo pasar por francés. No llegó a cambiar su apellido pero pudo pasar desapercibido, incluso seducir a una chica de Friburgo, más liberal que las españolas.

Tras la defensa de la tesis, su padre, su madre y su novia lloran. Ellas con obviedad, con cierta ostentación, sobre sus pañuelos blancos, dejando que las escasas lágrimas bajen por las mejillas. La compañera que perdió la virginidad sobre el tablero del laboratorio aplaude con resignación, con un oscuro deseo de fracaso que se niega a reconocer. Obtiene el cum laude por unanimidad. Han acudido todos los jefes de la facultad porque saben que es una apuesta directa del ministro de Sanidad.

Pocos días después, para celebrar el éxito, Karl Fichte aterriza en Madrid y dicta en el aula magna una conferencia sobre las perspectivas del implante. El público es algo distinto, se añaden catedráticos de otras disciplinas, canosos y soberbios, y el embajador de Alemania. Durante una hora Fichte habla en alemán ampuloso, acompañado por diapositivas que muestran pulmones en carne viva, convertidos en despojos, inundados por la fibrosis o el cáncer. Intenta evidenciar, mediante el tremendismo, las consecuencias salvajes de la enfermedad en los pulmones, la importancia de que los mineros mueran en su cama y no corroídos por la suciedad. Es interrumpido cada minuto por un traductor simultáneo que, más que traducir, inventa lo que dice. Pese al poder dramático de Fichte, los padres de Sebastián se esfuerzan para no dormirse. La novia lo hace a ratos, aunque sea médica. Sueña con el éxito que les aguarda: por fin, tras décadas de lucha, su familia volverá a la gloria. Quien toma apuntes es la otra, la postergada, que aguarda sentada en uno de los bancos del auditorio. Sabe que es una oportunidad única y que una sola idea de ese sabio loco puede iluminar su vida. Sebastián tiembla de nervios y cansancio. Lleva meses alimentándose con café y pan con mantequilla, durmiendo apenas cuatro horas para compaginar la redacción final de la tesis, el diseño de los pulmones artificiales, su noviazgo y la resistencia universitaria. A veces, al borde de la lipotimia, se dice a sí mismo que tanto éxito y tanta fatiga sólo pueden tener una recompensa: el Premio Nobel. Sobre la tarima acompañan a Fichte los dos pulmones de silicona. Parecen de niño, mucho más pequeños que lo que cualquiera podría imaginar. El alemán no los agarra, tal vez por aprensión. También porque no quiere atribuirse méritos ni fracasos ajenos.

Mientras Karl sigue hablando y el traductor suelta un discurso incoherente, que nadie termina de entender, la imaginación de Sebastián vuela: puede ver cómo miles de personas se salvan por su pulmón artificial, le envían cestas de Navidad, le escriben y le adoran durante toda su vida. Imagina también el reconocimiento simpar del Nobel y las alabanzas sin fin de sus padres, del Gobierno, de la ciencia mundial. No sabe que el futuro no suele otorgar lo que promete. Siempre va a su aire.

Desde el Gobierno le envían mensajes, indicando su impulso al implante, a pasar a la práctica sus brillantes teorías. En un raro gesto de prudencia, acepta el reto pero también les indica la necesidad de cierta espera. A veces, de madrugada, recuerda que nadie ha conseguido un implante de pulmón y siente vértigo. Es una operación tan salvaje que sólo se ensaya con presidiarios que estén, además, desahuciados. Con los más desesperados de la sociedad, que alcanzan la redención sirviendo a la ciencia. No duda, sin embargo, de la belleza de la prótesis. Pronto serán joyas de anticuario, compradas por los médicos para mostrarlas en sus consultas.

Pese a su temor al abismo, Sebastián siente que toda España anhela su éxito. Cada tarde abre y rompe cartas, sean de laboratorios, de admiradoras, de médicos que buscan consejo o, sobre todo, de pacientes desesperados. Su familia lo adora porque le dedican artículos en los periódicos y entrevistas en la radio como muestra del progreso de España. Es recibido, junto con sus profesores, por el ministro de Sanidad. Están orgullosos y Sebastián se levanta cada mañana eufórico, como si ya hubiera conseguido un éxito memorable. Aunque en secreto, en la intimidad de su conciencia, todos se planteen el fracaso, sólo Blanca, su prometida, se atreve a pronunciarlo. El resto calla: el éxito tendría muchos padres, desde el tutor alemán a todas las instancias del régimen, pero el fiasco, un responsable. Blanca le dice lo obvio: las teorías no siempre funcionan en la práctica, cada cuerpo es un mundo y no puede jugarse todo su prestigio en una apuesta tan incierta. Sin embargo, su escepticismo dura poco: los gritos y el miedo a que la boda se cancele hacen que siempre termine dándole la razón. Pese a la confianza unánime de los demás, las dudas del propio Sebastián hacen que su despotismo crezca cada mañana, como si le irritara su propia flaqueza. Después de gritar al servicio, o a su novia, siempre se excusa sonriendo:

—Ya sabéis cómo soy. ¿Qué queréis que haga?

¿No tienen ellos que sentirse orgullosos de servirle? Algunos días Sebastián se cuestiona en silencio la falta de ensayo. Le ocurre sobre todo cuando comprueba las dobles y triples pruebas de tantos experimentos. Sin embargo se dice que debe seguir adelante, que esas dudas son las de Blanca y sólo provienen de temores femeninos. De haberse seguido, nos devolverían a la Edad de Piedra. ¿Por qué no va a funcionar en la práctica lo que han probado bajo mil supuestos teóricos? El riesgo es una de las claves de la ciencia. Además es tal la desesperación, el ansia por una cura que revierta tanto dolor, que los enfermos aceptarían cualquier propuesta, incluso invenciones de curandero. El ensayo es una cuestión menor, que decidirá más adelante.

Como todos los medios lo adoran, también protagoniza un reportaje en *¡Hola!* En la foto central aparece Blanca, con un vestido geométrico de Balenciaga. A veces se pregunta si su novio merece ser querido. Carece de una respuesta clara, aunque sepa que Sebastián es incapaz de amar a nadie que no sea a sí mismo. Han conseguido una admiración y una envidia generalizada. Los pasos previstos por Sebastián en su cuaderno se han cumplido uno a uno, con la precisión de un ballet ruso. Blanca ha sentido amor, celos, odio y ternura justo cuando debía. O al menos así lo ha aparentado. Pronto tendrán lo que todas las parejas de la ciudad desean. Pasearán a un hijo suyo por las calles y los parques del mejor Madrid, le llevarán a las meriendas de los mejores salones y su familia provocará esa mezcla de amor y envidia que ella misma ha sentido por otras. Blanca prefiere un niño para que no compita con ella en belleza, ni le muestre años después su propia vejez. Por supuesto, en cuanto ha cumplido su función, el cuaderno de Sebastián es cortado en pequeños papeles y tirado en una papelera cualquiera de la Gran Vía.

El laboratorio de Barcelona pronto le envía, gratis y siguiendo sus pautas, una segunda remesa de seis prótesis de pulmón, brillantes y azules, casi gélidas, que son enviadas a Madrid envueltas en papel satinado, como si fueran joyas. Cuando llegan, Sebastián y su maestro alemán sienten un profundo orgullo y piensan que el éxito ya está conseguido. Esos pulmones artificiales no son sólo una obra maestra de la medicina. También, y sobre todo, son una pieza de arte. Merecen descansar en un museo, más que brillar durante siglos en la oscuridad, arropados por las costillas de un cuerpo que yace en la tumba. Los periodistas más aventureros afirman que pronto ganará el Premio Nobel. También lo cree el propio Sebastián, que sufre un ataque de soberbia en un restaurante de caza, frente a un pichón con uvas. Es un local frecuentado por alemanes, exnazis que quieren recordar los sabores crudos de su tierra. Está forrado con tela burdeos y sobre su cabeza brillan lámparas de araña. A Sebastián le gusta porque le recuerda sus estancias en Heidelberg y porque, aunque nunca lo reconozca, abjura de su patria. Le gustaría pertenecer a un pueblo menos salvaje. ¿Y por qué no a Alemania —piensa—, país de filósofos y músicos que se atrevió a retar solo al mundo y creó la mayor máquina de guerra de la historia?

—Además si fuera alemán —afirma mientras devora el pichón con uvas y el apfelstrudel—, tendría más fácil el Nobel. Debería preguntar cómo conseguir la nacionalidad.

Podría exiliarme con motivos políticos pero, ¿eso me perjudicaría? ¿Por qué no voy a ganar el Nobel si soy el mejor? Durante esa misma cena le pide a su novia que se mude con él a Heidelberg, vivirían en un piso pequeño, bohemio, con vistas al río, caminarían por el monte de los filósofos y serían la élite de la medicina europea. Blanca calla, no puede responderle con la verdad, pero teme que esté enloqueciendo.

En el restaurante, tan europeo, rodeado de solemnidad y de las mejores parejas del régimen, los miran con extrañeza, incluso con reprobación. Algunos murmuran, *mira, es el joven del implante de pulmón,* y le justifican por los nervios, tan normales, que provoca su proyecto. Blanca a veces cree que le quiere, aunque no sepa qué es el amor. Sin embargo, empieza a agotarle tanta obsesión por sí mismo. Sólo le alivia pensar que tras la boda y la intervención se le pasará. También que se irá alejando y tal vez encuentre una amante joven, para quien reserve las neuras y la pasión, dejándole a ella los trámites del matrimonio. Entonces, cuando el matrimonio se haya convertido en una sociedad mercantil, podrá, tal vez, abrir una pequeña consulta. Si dedicó tantos años al estudio de la medicina no fue para colmar su inquietud intelectual. Por supuesto, reserva su virginidad para después del matrimonio. A veces desea dejarse llevar, no resistirse cuando Sebastián la besa, la manosea, vence el sujetador, llega hasta el pubis, e intenta entrar en ella. Sabe que otras mujeres lo hacen, pero también sabe que perdería la fuerza moral que concede la resistencia. Puede pasar días enteros pensando en las sensaciones que vendrán cuando por fin Sebastián entre en ella. Se mezclan en su conciencia la obsesión por el sexo, las intuiciones del embarazo, y su verdadero anhelo: la admiración de las otras. Por fin, la considerarán una verdadera mujer, una de las suyas. Nunca lo expresa, pero a veces desprecia a Sebastián, cuya fijación por el éxito y el reconocimiento ajeno es profundamente proletaria.

Tal vez sea también imprescindible para que su familia, su madre y sus hijos, si vienen, recuperen el brillo que perdieron. Las buenas tierras necesitan estiércol. Por supuesto, Sebastián no sabe nada de eso. Hay tanto que los hombres son incapaces de comprender.

El matrimonio ocurrirá sí o sí antes del implante, aunque Sebastián esté desbordado con la reproducción perfecta de los bronquios, los alveolos y las paredes pulmonares. Blanca no puede permitir que, tras su éxito, Sebastián aspire a quienes ella considera sus mayores rivales: una hija de la élite económica o de un jerarca del régimen. O, peor aún, que sean ellas y sus madres quienes aspiren a Sebastián. Sabe que después de la intervención su prometido ingresará en la primera división del régimen, en sus chanchullos y en sus conjuras políticas. Serán invitados a clubes privados, cacerías y partidos eternos de golf, ese deporte tan lento al que tan aficionado se ha vuelto el régimen. Blanca tiene miedo, aunque lo oculte hasta a su propia madre. Es sólo la hija de un aristócrata empobrecido. Ni siquiera heredará el título, que irá a su hermano. Sabe, porque lo ha visto en otros, que debe aprovechar el momento como sea y que los apellidos se difuminan. En dos generaciones, pueden convivir con el mismo apellido la riqueza y un barrio de protección oficial, con esos yugos y flechas que marcan la miseria. Si Sebastián tiene que preparar una boda y un implante al mismo tiempo, que lo haga. Para eso es joven y brillante.

Se casan en San Fermín de los Navarros, una iglesia de ladrillo que replica el exotismo árabe y el romanticismo medieval. De sus naves cuelgan grandes lámparas, bajo las que han extendido una alfombra roja. Está llena de flores blancas. Hasta ha llegado un equipo de la revista *¡Hola!*, que fotografía el evento para su famosa sección de sociedad. Blanca atraviesa la entrada de la mano de su hermano y la cola del vestido se pierde por la alfombra del pasillo central. El hermano es un señor de unos cuarenta años, con bigote fino y pelo engominado. Su planta es deseada por todas las madres y esposas, viudas o casadas con hombres gordos, que aún vinculan el tamaño de su barriga a su cuenta corriente. El novio ha blanqueado sus dientes en cuatro sesiones y se ha depilado los desagradables pelos que crecen en su espalda, el único defecto, junto con el lunar gigante heredado de su padre, que se reconoce. Fuera de la iglesia, el sol brilla sobre los árboles y las amplias aceras. Los jóvenes más alocados fuman y beben cerveza en las terrazas cercanas, preparándose para la borrachera, para cuando, tras el Rioja de la comida, comience el alcohol duro. Acuden columnistas de la época y algún regresado del 27. Se mezclan con políticos progresistas, profesores de la facultad, el viejo maestro alemán y muy pocos compañeros. Por parte del novio hay más viejos que jóvenes. A la salida de la iglesia todos conversan. Parecen amigos, aunque unos estén en el Gobierno y otros en la oposición.

Mientras tanto, frente al altar, el novio suda y teme que sus axilas huelan. El sudor es extraño para él. Sólo sudan los obreros y los escasos locos que practican deporte. Blanca, cubierta por encaje, intenta concentrarse, pero no deja de pensar en las invitadas que permanecen tras su espalda, en sus vestidos y en sus cotilleos. Su hermano mira al frente con templanza. Es un hombre respetable, heredero del título familiar, que trapichea en la importación de cereal ruso. A la alta sociedad nunca le ha importado con qué hacen negocios y se enriquecen los suyos. La moral es cosa de clase media.

Blanca sabe que a su familia, mientras tenga dinero, no le preocupa en absoluto con quién se case. Nunca han tenido la menor confianza. Sin embargo, su difunto padre, muerto de cáncer, esa extraña y fulgurante enfermedad, habría indagado sobre la respetabilidad de los López de Lucena y tal vez habría hallado que su crimen estaba demasiado cerca, aunque nadie cuestionara su necesidad. No hay fortuna ni nobleza que no provenga de un delito y el premio siempre nace de exprimir sus frutos con la mayor soberbia posible. A la salida, después de una homilía clásica que incita al amor, el respeto, la obediencia femenina y la maternidad, y de unos síes demasiado bajos, abandonan la iglesia bajo una lluvia de arroz, se montan en el Mercedes negro del padre de Sebastián y parten hacia el Ritz, donde celebran el convite entre la terraza y el salón.

Aunque todos vitoreen a la novia, también miran al novio, que es la auténtica estrella. Se rumorea que podría ser ministro de Sanidad y representar a la cara más joven de la derecha, aunque él nunca jugaría una carta tan obvia. Cuando Blanca, sentada en la mesa presidencial, con la cola ya sucia por las pisadas, escucha los rumores, siente una profunda y callada rabia porque la protagonista de una boda siempre es la novia, pero ni se plantea decirlo.

Los invitados se sientan en mesas redondas, bajo los techos altísimos del Ritz. La calidez del mediodía entra por los ventanales, dignos de un palacio. Comen zarzuela de mariscos y solomillo en salsa. Incluso se permiten beber champán francés, un lujo insólito para la época. Alfonso, el padre del novio, repite su esperanza desde la mesa central: mi hijo ganará el Premio Nobel. Lo afirma con rotunda seriedad, aunque todos los que le rodean sonrían, creyendo que bromea. El único que le toma en serio es su hijo. Como postre disfrutan de una tarta de merengue, rematada con una corona de laurel bañada en oro, símbolo del futuro éxito de Sebastián. Es recogida por la novia y guardada por su madre. La meterá en el cajón de la ropa interior hasta después de su muerte, cuando su nuera vacíe su casa y la tire, confundida entre la ropa vieja. Tal vez antes de tirarla la mire y valore si quedársela, pero pensará que no tiene espacio para recuerdos que no sean suyos. Y caerá al cubo, entre las cáscaras de plátanos y los envases de yogures.

Los novios pasarán la noche, antes de su viaje a Roma y Florencia, en la suite nupcial. Tiene dos salas y en una hay una televisión de madera y hierro, grande como un ataúd. La cama tiene dosel y desde la ventana puede verse el hotel Palace y el escaso tráfico del Paseo del Prado. Nunca han retozado en un hotel de Madrid. Se sienten como en un país extranjero. A Blanca le apetecería tomarse una infusión y, arropada por una manta, ver las noticias y leer las revistas de cotilleo, donde pronto aparecerá su boda. La ansiedad de la boda se desvanece y deja paso a un cansancio infinito, que cerraría sus ojos si no se resistiera. Sebastián tiene que llamarla, mientras se afloja la corbata, porque ella mira, sin despegar los ojos, la televisión apagada. Blanca no tiene miedo, sabe que todas las mujeres han pasado por eso, incluso algunas lo han disfrutado. Le apetece, pero no termina de entender por qué debe ocurrir en ese momento, cuando más cansada está. Acude sin rechistar porque se ha depilado y, sobre todo, siente que es su principal obligación, no tanto por el sexo, sino por el embarazo. Además, ha aceptado ser sensual con las medias y el liguero blanco. Es una mujer, piensa, y aunque sea tan médica como su marido, aunque vea lo que a él se le escapa, debe ser madre cuanto antes.

Ignora que su esposo, mientras desabrocha con habilidad el sujetador de encaje, sólo piensa en los rumores. Se rumorea que Luisito Gamazo, su mejor amigo de la facultad, será profesor asociado antes que él. Se besan sobre la cama con lentitud. Blanca acaricia su espalda y besa su lunar gigante, tan disperso, tan oscuro, sin preguntarle por su origen.

Sigue pensando en cómo oponerse al implante sin que se note, simulando que lo apoya, cuando la penetra por primera vez, bajo sus gemidos, con la ropa interior aún puesta y las bragas blancas a un lado. Durante el sexo, Blanca mantiene una pasividad total. Las sábanas quedan manchadas con gotas de sangre.

—Mira, era virgen, te he entregado toda mi virtud —le dice con una mezcla de sinceridad e ironía.

A Sebastián le asquea esa carga. Prefiere reservar las vísceras y la sangre para el quirófano. En su casa quiere completa asepsia. Habría preferido a una mujer más experta, que le hubiera dado una noche de sexo salvaje. Duermen sobre la sangre, aunque esté a punto de llamar al servicio de habitaciones para que cambie las sábanas. A Blanca le decepciona que no valore ser el primero. Nunca lo dirá, le parece una vulgaridad digna de una boda tribal, pero su sangre merece ser respetada.

Sebastián duerme ocho horas del tirón, mientras ella no pega ojo. No sólo se pregunta si se habrá quedado embarazada. También si le ha gustado ser poseída por ese hombre y si será una buena madre, capaz de criar a una criatura y conseguir que tenga buenos sentimientos, no como su padre, endemoniado por el triunfo. Cientos de imágenes y premoniciones recorren su mente, asfixiándola y encogiendo su estómago. Muestran el fracaso del implante, a los enfermos muriendo en el quirófano, la depresión de su esposo, sus días sin fin en una casa silenciosa. Intenta negarlos con imágenes de niños corriendo por jardines en flor, de ella misma sanando a bebés cubiertos por sarpullidos, pero sólo consigue más ansiedad. Apenas cerca del alba, cuando Sebastián empieza a despertarse, duerme diez minutos, llenos de sueños esperanzadores y terribles, que saltan unos sobre otros. Blanca

cree que las palabras que Sebastián murmura a su lado, ese
no, no puede ser se deben al matrimonio, a todas las sorpresas
que vendrán, pero están causadas por la envidia a su viejo
enemigo. Ni en sueños puede concebir que le adelante. Así
lo confiesa cuando ella se lo pregunta, desnuda, abrazada a
la espalda de su marido, antes de levantarse. Blanca siente
una profunda decepción ante sus prioridades. Aunque sea su
noche de bodas y la mancha roja continúe sobre las sábanas
sólo le preocupa su carrera. ¿Cómo puede ser tan egoísta?
¿Serán todos los hombres así?

Viajan hasta Venecia en un avión de hélice de Alitalia.
Es una máquina hermosa pero frágil, con cortinas y asientos
estrechos. Sufre turbulencias y tormentas desde el despegue.
En la peor racha, que hace a los pasajeros saltar en sus asientos, una azafata cae en el estrecho pasillo. Grita *Mamma mia*
y todos ríen, pero también se asustan. Sebastián no teme por
su esposa, ni siquiera por sí mismo, sino por toda la gloria perdida, por esa máquina perfecta que es su prototipo de pulmón.
Nadie lo sabría colocar en la caja torácica salvo él. Carecen
de su conocimiento de los matices cardiacos. No causarían la
muerte del paciente, que es lo de menos, sino que ninguno
sobreviviría más allá de tres o cuatro días. Mientras el avión
sigue botando y el cinturón de seguridad no evita que la cabeza
roce el techo, imagina que logra una entrevista al paciente,
donde expresa su gratitud y su felicidad por ver de nuevo a sus
nietos. Todo eso se perdería si en el aterrizaje —sabe que en el
aire las posibilidades de estallido son casi remotas— el avión
se estrellara. Blanca, sin embargo, no tiene miedo alguno. Es
una de las pocas que mantiene la calma: si se estrellaran, el
deber del embarazo y la obligación de soportar los delirios de
su esposo se difuminarían como una acuarela.

Pasean por los canales, se pasman ante las cúpulas doradas de San Marcos, viajan a Roma en tren y viven los días

más felices de sus vidas. Hacen el amor todas las noches, con método, y a veces ella se atreve a gemir, a gritar sin miedo, porque están en una democracia. Alquilan un Fiat, recorren los monumentos romanos y pasean bajo la lluvia por las ruinas. En el Coliseo ella hace el tonto, fingiendo que es una cristiana que viste una túnica blanca y es devorada por las bestias. También comen pasta en pequeños restaurantes y beben vino tinto, que causa que Blanca tenga un mareo y termine durmiendo en el hotel. No estará embarazada, le preguntan en recepción. Ojalá, responde ella con un murmullo, temiendo la vergüenza de su marido. No tiene prisa por tener un hijo, sino por abandonar la búsqueda. El sexo le gusta de vez en cuando. Le agrada el peso, sentirse llena, protegida, poseída por alguien que va a mimarla, pero no todos los días. Con frecuencia le resulta agotador, hasta desagradable. Tal vez, se cuentan, volvamos con un niño encargado. Dan por hecho que será un varón. Es lo que se espera de ella, su auténtico trabajo. Después, cuando llegue la niña y estén los dos criados, aunque hayan pasado veinte años, Blanca podrá retirarse y descansar hasta la muerte.

Gracias a sus contactos diplomáticos consiguen que el Papa los reciba en audiencia. La embajada española les deja un traje y una mantilla negra, orgullosa de que su Santidad bendiga a la gran esperanza de la ciencia patria. La foto del momento, enmarcada en plata, con Pablo VI, fiel seguidor del Concilio Vaticano II, servirá para el sector franquista y para el democrático. Sebastián nunca, ni un solo día, deja de pensar en su patrimonio y en su futuro. La alegría viene cuando, al regreso, conoce en una cena con compañeros de la facultad que Gamazo ha fracasado en su intento. Es demasiado joven y tiene un currículum escaso para ser profesor de la facultad. Sebastián celebra el momento bebiendo un trago largo de un vino de Toro, oscuro y viejo. La desgracia de Gamazo limpia cualquier infortunio. No olvida que la primera vez que vio a su esposa, después de presentársela, puso en duda su apellido. Se arrepiente de su reacción: alguien seguro de sí mismo y de su familia nunca hubiera enseñado su DNI. La duda, desde entonces, no ha descansado. No piensa preguntarle a su padre, le parece una locura, pero recuerda que durante su infancia oyó hablar sobre los López y los Lucena como si fueran apellidos distintos.

Gamazo entrará como ginecólogo en la Seguridad Social, tendrá una buena consulta privada, pero nunca conseguirá la celebridad. Nadie entre sus compañeros de facultad y los jóvenes médicos españoles puede competir con él. Es una auténtica promesa nacional, europea y, muy pronto, mundial. Será el tercer español que gane el Nobel de medicina. Santiago Ramón y Cajal, Severo Ochoa y él, Sebastián López de Lucena. Su sonrisa es confundida de nuevo por su mujer, que la atribuye a su felicidad marital. Para mantenerla, Blanca calla sus dudas sobre el implante, y no las puede borrar aunque se culpabilice por ellas y sienta que está traicionando a su esposo. A veces se arrepiente de haber estudiado tanto. Si no lo hubiera hecho no podría intuir el desastre, ayudaría mejor a su marido aunque, ¿ayuda quien da la razón, sin más, sin cuestionar, como si fuera un niño? También reprime sus deseos de ejercer, aunque no sea como médica, ayudando a cualquiera de sus compañeros, que le escriben y la llaman, lamentando que alguien con tanta habilidad en el laboratorio abandone. No puede, se dice, introducir más tensión en las vísperas de la operación.

Sin embargo, la alegría de Sebastián dura poco. No descansa la envidia a cualquier éxito ajeno. Debería ser rotundamente feliz: tiene mucho más que la mayoría pero siempre le parece poco. El menor éxito de un médico de su generación le causa una intensa envidia. Recuerda su alegría cuando el marqués de Villaverde no sólo fracasó con su corazón artificial, sino que además hizo un ridículo mundial. Teme que pueda ocurrirle lo mismo, pero pronto lo olvida. Es imposible, el marqués era un frívolo y yerno del Caudillo, sin embargo él es un auténtico científico, que cuenta con el apoyo de la mismísima Heidelberg. Cierra los ojos y se ve paseando por los bosques de la Selva Negra, acompañado por la música de Wagner, como un héroe ario. Tal vez lo fui, se formula, en una vida anterior. Sin embargo, su cotidianeidad es poco wagneriana. Sebastián va y viene de la facultad en un Seat 1430, grande, pesado como un tanque, que suelta tos y humo negro. Blanca lo conduce algún domingo por la mañana, por urbanizaciones vacías o polígonos industriales, para no perder la práctica, siempre acompañada de su marido, que finge que la enseña para evitar la vergüenza. Viven en un piso alquilado del barrio de Salamanca, situado en una calle secundaria pero digna, cerca del colegio del Pilar, rodeados de fruterías y carnicerías, donde las criadas hacen la compra con sus carros todas las mañanas. Es un piso grande, con tres habitaciones y ventanas a una calle que en primavera tiene árboles en flor. Se lo han dejado barato porque la casera es amiga de la familia y confía plenamente en ellos. Son gente bien. Su decoración replica, en pequeño, el hogar de los padres de Sebastián. No ha habido intención en ello, ni siquiera era consciente cuando imponía las antigüedades sobre los intentos de modernidad de Blanca, cuando escogía alfombras persas con dibujos gastados, casi invisibles, cuando compraba ejemplares únicos en librerías de viejo, incluso manuales de química, primando la antigüedad y la conservación del cuero.

La fecha del implante se cierra sin su consentimiento, por orden directa del ministro, aunque nunca quede escrita. El director del hospital, siguiendo la jerarquía, lo llama a casa una noche, le indica la inminencia, lo cita para pactar la preparación y, por supuesto, le desea suerte. A Sebastián la intromisión lo alegra porque lo fuerza a decidir, a arriesgar. Además demuestra la confianza ciega que el régimen ha depositado en su tesis. Ni siquiera han mencionado la falta de ensayos previos. Cuando Blanca conoce la noticia, en el salón de su nueva casa, y sabe, además, que no hay órdenes escritas, siente que la moldura de escayola y la lámpara de araña que hay sobre su cabeza se derrumban sobre ella.

Días antes de la operación, lo llaman del PCE porque Jorge Semprún y Javier Pradera han bebido su whisky en las tertulias de los jueves. Le piden que se afilie, como un gesto, aunque no sea un militante activo. Antes de decidir acude a un par de reuniones, una de ellas organizada por Gamazo en su piso de Alonso Martínez. Siempre se tratan con cordialidad, aunque Gamazo le presente como «mi amigo Sebastián López». Acuden hijos de buena familia, comprometidos con el final del franquismo. Hay whisky, marihuana, risas y proclamas, y está a punto de afiliarse pero, en el último momento, da un paso atrás. Sabe que si se entra en política se corre el serio riesgo de caer si la corriente elegida no triunfa. Y necesita permanecer, estar sin estar, alerta a cualquier vaivén para resituarse. Porque el régimen caerá, eso no lo duda nadie, pero nadie sabe cuándo ocurrirá. Y no puede arriesgarse a que pasen diez años, veinte, treinta. ¿Y si Franco tiene un sucesor? No puede permitirse la implicación, no puede romper la ambigüedad de su familia, que no deja de ser una forma de escapar a cualquier servidumbre.

La intervención ocurre en el Ramón y Cajal. Es una mole fea y brutalista, pero también el mejor hospital de España. Cuenta con tecnología americana y con cientos de estudiantes que caminan por sus pasillos con sus batas y sus cuadernos. Está inquieto porque esa misma semana ha recibido una carta de Fichte que plantea la necesidad de los ensayos. Sabe que utiliza la correspondencia para eximir su responsabilidad. Sebastián le ha respondido aludiendo a la desesperación de los pacientes. Van a morir, sin duda alguna, si no son operados. ¿Para qué hacerles esperar? Sólo él sabe que había otro motivo: que el ensayo certificara el fracaso y el proyecto se esfumara para siempre.

II
LA VERGÜENZA NACIONAL

El paciente es un general con fibrosis que luchó en la Guerra Civil y agoniza entre ahogos y esputos. La familia y sus soldados más fieles se han reunido en la capilla del hospital para rezar durante el difícil trance. Alternan las oraciones y los cánticos militares. En la última fila está Blanca, también rezando, arrodillada, pero no pide por el paciente sino por su marido, los hijos que vendrán y, sobre todo, por ella misma. El propio Sebastián se encarga de la operación, ayudado por otro cirujano y por las mejores enfermeras. Se siente tranquilo, como si el mismísimo Dios moviera sus manos. Nada puede fallar. El hospital mantiene un silencio tenso y las consultas se han detenido. Los pacientes esperan el resultado, como si se repitiera la llegada del hombre a la Luna. Dentro del quirófano la operación marcha bien, las conexiones se cierran, la piel se cose y el nuevo pulmón, fabricado en una nave industrial de Barcelona, luce brillante en la caja torácica. La vieja víscera, que podría confundirse con un pañuelo sucio, reposa en una caja metálica, destinada al análisis y la basura. La intervención parece un éxito, pero la prótesis, pese a su brillo, no respira. Más que un pulmón parece una piedra preciosa. Sebastián prefiere creer que pronto empezará a encogerse y expandirse, a tomar el ritmo natural de la respiración, al igual que el segundo pulmón, también corroído por la fibrosis, aunque todavía siga en su sitio, bajo las costillas. Su diseño es perfecto, pero se comporta como una piedra, un peso muerto carente de función en un organismo que no concibe el vacío. El enfermo aguanta el primer embate, pero lo hace forzando al máximo, con respiraciones ansiosas, breves, propias de un solo pulmón, también enfermo, incapaz de soportar el peso de tanta vida. La supervivencia del viejo general es vendida como si fuera un éxito. La logra gracias a la fuerza que adquirió en sus años de guerra. A los dos días muere en su habitación, exhausto, pero se atribuye el fracaso a la vejez. Sebastián tiembla cuando toma conciencia de que el pulmón no funcionó, pero no es el único. Blanca sólo le apoya por miedo a su cólera, pero lo hace sin pronunciarse, con gestos de cariño, escuetos, como acariciar su cabello. Por supuesto, la noticia del fallecimiento no sale en los medios.

Sebastián lo intenta una y otra vez, primero con enfermos de la alta sociedad, después con pacientes de clase media y finalmente con pobres, que aceptan el desenlace con mayor resignación. Unos tienen fibrosis pulmonar, otros tuberculosis galopante, todos sufren asfixia, y les aguarda una muerte demasiado próxima o vivir unidos a una botella de oxígeno. Intuyen su futuro pero prefieren correr el riesgo que seguir enfermos. El diseño es perfecto, pero el aire no atraviesa los pulmones, y los pacientes mueren ahogados, en una agonía cruel que ni siquiera había intuido. Sebastián no siente pena por su dolor, ni siquiera por sus muertes porque ya estaban garantizadas sin su ayuda. Sólo por una chica, demasiado parecida a su mujer, siente pena. Incluso maldice a Dios por el dolor y los espasmos.

El implante no causa infecciones, tampoco rechazos tempranos, no es ese el problema. Ahí consigue un rotundo éxito, aunque no sea reconocido por los médicos y apenas sea valorado años después, cuando se aprecie su aportación a una quimera. La implantación es perfecta, pero el pulmón no arranca. Ni Sebastián ni el doctor alemán lo entienden: en todos los experimentos anteriores al implante, cuando se conectaba a una máquina, funcionaba con una flexibilidad y un rigor absolutos. Sebastián camina pálido, insomne, por los pasillos del hospital, pensando a la vez en soluciones y en la vergüenza. Piensa en añadirle una batería, pero no existen en aquellos días aparatos con suficiente potencia y buen tamaño. Todos son enormes, mayores que el propio pulmón. Aunque los medios guarden silencio absoluto, el rumor del fracaso corre por los pasillos de los hospitales y las mesas de los laboratorios. En menos de una semana es conocido por toda la profesión.

El profesor alemán, a quien acude buscando consuelo y ayuda, sólo le atiende una vez. A la segunda descuelga el teléfono o delega en su familia, que responde con corteses negativas. No puede permitirse que le vinculen con tal error, más cuando advirtió sobre la necesidad de los ensayos, y tampoco se atreve a negar su apoyo a Sebastián. Prefiere huir. Sebastián, desesperado, sigue conectando la prótesis a un respirador artificial. Lo hace mañana, tarde y noche, a veces hasta de madrugada. Comprueba, una y otra vez, cómo se extiende y se repliega, con la flexibilidad de un auténtico pulmón. No entiende cómo ha podido ocurrir. Tras un ataque de ira, lanza una de las prótesis contra una ventana, rompiendo el cristal, dejando el pulmón sobre el césped, lleno de pequeños cristales. Una pareja de estudiantes pasa a su lado y ella lo mira, está a punto de tocarlo, pero aún palpita. Le causa miedo y asombro. Sebastián baja corriendo por las escaleras y lo recoge de la hierba, sintiendo el ridículo, como si fuera un científico loco.

Blanca, mientras tanto, teme que su matrimonio se hunda, que siga el rumbo hacia la pobreza que ya marcaba su familia y no sólo termine con un plebeyo sino con un plebeyo fracasado. Sin embargo, ese sentimiento coexiste con una profunda paz porque la lucha contra sus intuiciones ha terminado. Tenía razón, no queda nada que negar. Su mayor triunfo es no decir a su marido «ya te lo dije». Sin embargo, la convivencia en casa lentamente se arruina. Sebastián no pega a su mujer pero llega a levantar la mano frente a su cara cuando ella le pide, por tercera vez, que salgan a tomar el aperitivo con los vecinos.

—¿Tanto te importa, eh? Pues vete tú sola y disfruta de esas petardas. Egoísta, que eres una egoísta —grita con los ojos rojos, hundido otra vez en su viejo sillón de orejas, mientras bebe otro whisky con hielo.

Nunca, en toda su corta vida, Blanca se ha sentido más sola. No se queda embarazada y su marido responde a sus nervios con hostilidad e indiferencia. No les falta dinero en el bolsillo pero, ¿para qué les sirve? ¿Para que una asistenta deje el parqué como un espejo? ¿Para comer más carne y pescado que el resto? ¿Para pasear arriba y abajo por un pasillo en sombra, mientras su hombre se atormenta en un despacho al que no puede entrar? Además no es un dinero propio, proviene de una asignación que realiza su suegro cada mes, después de repetirles, con idéntico sarcasmo, que la familia debe siempre ayudar a los más débiles.

—Estoy pagando los platos rotos de tu… —le dice, sabiendo que es una patada a su herida, pero callando antes de terminar la frase.

—Mi fracaso. A eso te refieres. Te avergüenza que te vean conmigo, ¿no?

—Eres tú quien no quiere salir a ningún lado, quien se avergüenza no de mí, sino de ti mismo. Soy yo quien quiere volver a misa, al aperitivo con los vecinos. Pero siempre pones un pretexto. Lo único que quieres es quedarte en casa dando vueltas a tu sufrimiento y tu injusticia, cuando eres un privilegiado. Ni siquiera tienes que trabajar para pagar tu casa, tu comida, la criada. —Blanca sabe que debe cambiar de tema. Teme que le pegue, pero también que se derrumbe y que el embarazo nunca se produzca.

—No me entiendes, nunca me has comprendido. El pulmón era una máquina perfecta. Mi atajo a Estocolmo —reclama casi llorando, levantándose del sofá para gritar y volver a caer.

El mayor orgullo de Blanca es morderse la lengua, no de manera figurada sino real, casi hasta la sangre, escapar del salón y perderse por el pasillo, mientras repite para sí misma, *te lo dije, te lo dije*.

Aunque la noticia no sea pública y se les siga considerando unos triunfadores, ellos saben que no lo son. Crece cada mañana su miedo a los rumores, al aislamiento y a quedar fuera de la sociedad. Crece cuando un vecino tiene prisa en un encuentro casual, crece también cuando no son saludados por quien puede evitarlos, sin necesidad de excusas. No saben quién conoce el fracaso y quién no: sólo les consta que el rumor ha superado los círculos médicos y se extiende por el barrio. La enfermedad del silencio se extiende lenta, como una plaga que cambia el rostro y las miradas de quienes antes los adoraban.

Blanca no puede soportarlo y el azar la ayuda cuando coincide con un compañero de la facultad en la Castellana, bajo una leve lluvia, mientras camina sin rumbo, harta de su propia lucidez y también harta de negarla. No tiene más remedio, si no lo hiciera se largaría de un portazo y no están en la Europa que visitaron en su luna de miel. Viven en España y se encuentra en un régimen intermedio entre la libertad y la esclavitud. Eduardo, su compañero, lleva el pelo largo, gafas de pasta y una chaqueta de pana, como los socialistas que aún siguen en el exilio. No fingen sorpresa por el encuentro y se besan en las mejillas. Tal vez se habían encontrado antes pero Blanca no lo vio porque no lo necesitaba. Acaba de abrir su consulta de dermatología, tras dos años aprendiendo de un maestro del melanoma. En la facultad corrían rumores sobre él porque, siendo tan apuesto, no tenía novia ni se le conocían líos. Le pregunta a Blanca, lo primero, dónde está trabajando.

—Seguro que se te rifan. Eras una de las mejores en laboratorio.

A Blanca le extrañan sus palabras: en su círculo, en su mundo, nadie le pregunta por su carrera, todos dan por hecho que su único destino es cuidar de su familia. En cuanto ve la puerta abierta, la cruza, sin dudarlo, de un salto. Es una oportunidad única: si Sebastián encuentra un buen trabajo no necesitará su dinero y quedará encerrada para siempre.

—Creo que me sobrevaloras, amigo. Estoy buscando algo, pero sólo unas horas por la mañana. Soy una mujer casada —le dice enseñando su anillo, como único pretexto para evitar la decepción.

—No sé si será poco para ti, pero puedes venir a ayudarme.

—Dame tu número y hablamos un día de estos —afirma Blanca, mientras saca su agenda y un pequeño bolígrafo negro de carey con el que apunta el nombre y el número.

Mientras tanto, una noche de febrero, cuando se morrea con una discípula de Althusser en un café concierto de Malasaña, Gamazo es detenido. Le acusan de actividades subversivas. La policía no tiene que forzar demasiado la máquina. Un par de bofetadas en las celdas sucias de la Puerta del Sol y la amenaza de no trabajar nunca más les bastan. Los niños bien no soportan los golpes.

—No me pegue, por favor. Soy muy joven aún —suplica cubriéndose la cara, bajo el desprecio del policía, decepcionado por que aguante tan poco.

Gamazo escribe la lista de subversivos a mano, con letra temblorosa, en un folio blanco con membrete de la policía, pero el primer nombre es nítido: Sebastián López (ni siquiera en el calabozo incluye la segunda parte). Añade cinco más, pero con letra más pequeña, casi incomprensible. Aunque tenga miedo quiere aprovechar la oportunidad para machacar a su rival. El rencor siempre vence sobre cualquier otro sentimiento y más en quienes saben que sobrevivirán, pase lo que pase, a cualquier contratiempo.

Su llamada, llena de lágrimas y mocos, desde el teléfono negro del calabozo, escandaliza a su familia, que llama ese mismo día a El Pardo porque su madre es íntima amiga de Carmen Polo. Fueron juntas a las ursulinas, en un Oviedo oscuro, tomado por una lluvia eterna. Dos tardes después llega en taxi al Palacio. Tras atravesar a la guardia mora, siempre firme, Carmen la recibe en la puerta y se abrazan como las grandes asturianas que son. Se lo cuenta a Franco en la cena de la noche, frente a una merluza cocida con guarnición. Es el mismo Caudillo quien decide desviar la atención hacia el primero de la lista, pero no por sus tonterías políticas, sino por su desastroso experimento.

—¿No es el crío del implante de pulmón? Menuda idea de bombero. Además de inútil, comunista. Que pague por jugar con los españoles.

Hay que salvar a Gamazo y mirar hacia ese niñato que intentó ser un héroe y metió piedras en el pecho de decenas de españoles, sin probar antes su locura con un miserable chucho. Así darán un doble escarmiento y salvarán la honra de una familia ejemplar. El Caudillo llama al ministro, el ministro al director de *ABC* y dos días después comienza una investigación sobre la temeridad sanitaria. El editorial se pregunta por qué el ministerio subvencionó una intervención tan arriesgada como la suya, por qué apoyó también su repetición, conociendo su fracaso, y la repetición de la repetición. Sebastián debe dar gracias a Dios porque nadie le acuse de comunista, eso prefieren dejarlo en la oscuridad porque también involucraría a Gamazo, a quien se quiere y se debe salvar.

El Estado debe permanecer siempre alerta, para eliminar a sus manzanas podridas, por mucho que cueste, afirman pronto todos los periódicos como réplica a esa revolución permanente que Mao practica en China. Franco cuida a sus ciudadanos y al esforzado pueblo español, repiten unánimes. Y quien les agrede recibe respuesta, sea pobre o rico.

El siguiente paso en la masacre es una demanda de la familia del general, acompañada con un despliegue de testimonios de su dolor y su ahogo. El titular ES UN PULMÓN O ES UNA PIEDRA aparece en la portada del *ABC*, con una foto del modelo presentado en la tesis y esa geometría azul, tan perfecta que parece un cristal de Murano. Incluso en Europa es aplaudida la reacción, que se interpreta como un tímido indicio de apertura.

Y lo que era una repulsa callada en el barrio, un silencio que aún no era unánime, porque todavía unos pocos le seguían considerando un niño prodigio, se convirtió en una condena absoluta. Lo comprobaron cuando salieron de la iglesia, se dirigieron al sitio de siempre y nadie se movió para buscarles silla frente a la mesa llena. Tuvieron que sentarse en un aparte y los habituales apenas les sonrieron, antes de volver a su conversación, tan absurda como siempre. Se preguntaban entre murmullos si era un pulmón o una piedra y, sobre todo, cómo tuvo la poca vergüenza de no ensayar con animales. Sebastián los oyó y estuvo a punto de levantarse, liarse a gritos y proclamar que los padres de la mayoría, si no ellos mismos, eran unos fascistas y unos ladrones. No lo hizo por miedo al ridículo. Quien se llevó la peor parte fue Blanca, que se encerró en su habitación a hablar por teléfono con su madre y llorar. Ella se había casado con otro hombre, con un insoportable triunfador en la medicina, pero se había quedado con el insoportable, perdiendo al triunfador para siempre. Y, lo que es peor, sabía que iba a ocurrir.

Las familias de los implantados, cuyas prótesis permanecían intactas en la oscuridad de los huesos, bajo las tumbas, empiezan a demandar. Son incitadas por los mejores bufetes de la capital, que les ofrecen asistencia gratuita. No lo hacen por caridad: saben que las costas y la publicidad compensarán el gasto. Los abogados son perros de presa, siempre atentos a la debilidad del sistema. La fiscalía las apoya en su propósito y los juicios comienzan con insólita rapidez, empujados por las continuas portadas de la prensa. Una de las más comentadas muestra, en paralelo, a un roedor enjaulado en un laboratorio y a uno de los implantados. El titular afirma: ¿ADIVINAN QUIÉN SE SALVÓ? y debajo, antes del texto, en letra aún grande: «Tenía tanta prisa que no ensayó con animales. Sus cobayas fueron los españoles». La valentía de Sebastián se convierte en temeridad, su generosidad en soberbia y nadie, ni sus compañeros, ni sus profesores, ni siquiera el profesor alemán, ninguno de los que ovacionaron su tesis se atreve a cuestionar su maldad. Sebastián no es expulsado de su familia porque esa sería una vergüenza aún mayor, pero ya ha recibido sin recibirlas las cuatro plumas, el símbolo del fracaso y la cobardía. Su padre, envejecido por el disgusto, le trata con sarcasmo cuando visitan la casa familiar los domingos por la tarde.

—Sebastián, hijo, no pasa nada, la gente olvida rápido y pronto serás un médico del montón. La sociedad necesita gente como tú. La brillantez ciega es un obstáculo para la felicidad. Y tú serás feliz, verás. Además tienes la vida resuelta con la asignación que te pago todos los meses —le asegura con una sonrisa abierta, mientras se pierde por el pasillo, rodeado de esa biblioteca siempre polvorienta y cerrada. Blanca escucha la conversación y se dice que debe llamar a Eduardo esa misma tarde. Necesita autorización de su marido, pero no va a pedirla. Su dignidad no puede ser machacada por esa familia de gañanes. Sus ancestros lucharon contra los franceses en Trafalgar y contra los árabes en las Navas de Tolosa. Está todo escrito, en libros polvorientos, con letras enormes. Es Historia, no confusión y vacío como el pasado de esos López de Lucena.

Pronto comienza el primer juicio, en una vieja sala, presidida por un juez y un fiscal con hambre de justicia. Sebastián permanece sentado en el banquillo, sufriendo un dolor profundo del que nunca se recuperará. En la puerta del tribunal hay cámaras de televisión y periodistas que fuman y miran a la puerta esperando su salida. En su primera intervención el fiscal casi alcanza el grito, lo llama niñato y le pide que los próximos experimentos los haga con los suyos.

—Podría, si fuera un joven consciente y no un crío consumido por la ambición, haber probado con animales. Ellos también respiran —asegura, regalando un titular al *ABC* del día siguiente, al que acompañará un dibujo de la vista, que muestra a Sebastián con la cabeza hundida entre los hombros.

Parece que irá a la cárcel y su carrera terminará para siempre, pero un López de Lucena nunca se da por vencido. Sabe, mientras contempla desde el banquillo la procesión de testigos, peritos y abogados, que la corriente avanza pero antes de la catarata encontrará una rama a la que sujetarse. La ayuda vendrá de donde menos lo espera: las debilidades del régimen. Tras la aparente unidad, Opus y Falange escenifican la eterna pelea entre liberales y fascistas. De repente, tras un par de llamadas incómodas, la investigación del fiscal toma un nuevo camino. Es impulsado por un columnista de *Pueblo* nostálgico de José Antonio y enemigo de los tecnócratas, esos católicos con corbata que quieren expulsar del poder a los camisas viejas y asientan su dominio en los ministerios.

Afirma en su columna que Sebastián no es el único responsable. Hay otro: el Estado y su ansia por conseguir un éxito que legitime al régimen. Nadie exigió pruebas, no hubo protocolo alguno. Sólo una alfombra roja y todos los medios a la disposición de un crío con un molde azul de silicona. El niño, como todos, ansiaba el aplauso de sus padres. La culpa, afirma el artículo, es de un Gobierno que se aleja del espíritu del 18 de julio. La versión que atribuye la culpa al Estado corre por los despachos, los bancos y los reservados, en palabras y artículos. El asunto deja de aparecer en los periódicos y los bufetes más prestigiosos de la ciudad, que hasta entonces habían dado todas las facilidades a las familias de las víctimas, pronto dejan de atenderlas.

Gracias a sus buenos reflejos, la defensa de Sebastián copia los argumentos ajenos: el chico no tuvo la culpa. La fiscalía apenas pelea por las condenas. Se resigna con pereza a que el banquete escape sin gloria y sin burlas. Sebastián es absuelto en una sala casi vacía, sin público, donde permanecen él y los abogados. La sentencia afirma que no habría podido operar si no hubiera contado con la complicidad del Gobierno. Un hombre tan joven, recién licenciado, siempre habría optado por la gloria, tan golosa para todos pero sobre todo para los más novatos. El fiscal dormita con la indiferencia de los leones y la tristeza de quien ha dejado huir a una presa perfecta. Sebastián no regresa a la santidad y la fama, sino al anonimato, a ese silencio incómodo que siempre rodea a quienes son rozados por el crimen y los tribunales, aunque su culpabilidad no se establezca. Ni siquiera se alegra porque sabe que la condena social, la más dura de todas, se mantiene. No tiene que ver con la vida o la muerte de unos perdedores sino con el criterio de su familia y del barrio. Nadie entiende la absolución, aunque apenas aparezca en los medios. La culpabilidad era tan obvia, la imprudencia tan evidente. Las familias de las víctimas se indignan porque ven que su dinero vuela, pero el Estado lo tiene todo previsto: acepta su responsabilidad subsidiaria y las indemnizará. Recibirán lo mismo que solicitaban. Por supuesto, si quieren el dinero, deberán guardar silencio.

Sebastián está deprimido, aunque no se considere así, porque cree que su tristeza es objetiva, justa, no se debe a ninguna patología. Sigue pasando alguna consulta, pero como suplente. Es demasiado conocido y los pacientes huyen de él si tienen otra opción. Sus ingresos son mínimos. Nunca podré renunciar al dinero de mi padre, se dice. Se ha encerrado en su casa y pasa los días leyendo periódicos y novelas del Oeste, esperando a que llegue la noche para regresar a la cama. Nunca ganará el Premio Nobel, ni siquiera será postulado. Su paso por este mundo será vulgar, olvidable. No se atreve a operar porque teme el fracaso. Él, que era un maestro aligerando el sufrimiento de los enfermos de cáncer terminal, que reducía a lo mínimo las cicatrices y organizaba como nadie a las enfermeras y los anestesistas, teme ahora la menor incisión en la piel. En su conciencia se repiten las palabras asesino, asesino, asesino, aunque también las niegue con todas sus fuerzas.

—Soy un buen cirujano, soy una buena persona —se repite como si fuera un mantra. Pero los refuerzos caen en tierra seca.

—Claro que lo eres, cariño —constata Blanca—, por eso ha llegado el momento de ayudarte. Me encontré con un compañero de la facultad en la Castellana y quiere que colabore en su consulta. Nos vendría muy bien ese dinero.

—Qué dilema, Blanca, ¿cómo es posible que un médico de mi categoría deba elegir entre depender de su esposa o de su padre?

O de los dos, piensa Blanca sin atreverse a humillarle aún más.

—Será por poco tiempo, Sebastián. Muy poco, ya sabes que lo que me gusta es cuidar de mi familia.

Sebastián queda en silencio y pide a su mujer que le deje solo. Se sienta en la butaca del salón, mientras anochece, con los ensayos de Montaigne abiertos sobre las rodillas y se permite las lágrimas. Llora porque nadie olvidará su crimen y su carrera ha terminado antes de empezar. Llora, también, porque debe escoger entre depender de su padre o depender de su esposa. Se le escapa lo que su mujer ya sabe: deberá depender de los dos.

Blanca, mientras tanto, prepara la cena. Llamará a la mañana siguiente a la consulta de Eduardo e irá lo antes posible. Prefiero no pensar en Sebastián, piensa mientras corta judías verdes y las lava, porque se daría cuenta de que lo desprecia. En 1974 la separación es una opción desesperada y el divorcio no existe. Sólo puede contemplar el transcurso de los años con la menor amargura posible, pero no puede evitar que cada día soporte peor la falsa alegría y la mediocridad de su esposo. Cuando salga de su depresión se quedará en un salario promedio, de médico sin entusiasmo, alejados para siempre de ser una de las parejas más celebradas de España, esas que aparecen en las páginas interiores del *¡Hola!* y son solicitadas en las mejores fiestas. Ella, con rasgos finos, cuello largo, altiva como una princesa, que pudo haberlo sido todo, ha sido condenada para siempre a la pobreza —su retribución como enfermera apenas podrá aliviarla— y, lo que es peor, a la normalidad. Al menos podrá trabajar un rato cada mañana, salir de esa opresión que está arrugando su rostro, devorándola por dentro.

Su matrimonio se va por las alcantarillas, aunque cada día intenten remontarlo. Pasan la tarde y la noche llorando o discutiendo. Blanca, aunque lo niegue, siente una profunda vergüenza. Incluso en verano un pañuelo cubre su cabeza. Sólo mantiene dos amigas, que la visitan en casa mientras Sebastián camina en soledad, va al bar o pasa sus escasas consultas. Toman té con pastas y la consuelan entre lágrimas:

—Ya pasará —le dicen—. No tengas en cuenta lo que dicen por ahí. Sois gente bien y todos en el barrio lo sabemos.

Sin embargo, no le proponen excursiones, ni cenas en parejas. Tampoco la acompañan, como antes, a ver babis, patucos o cunas en las mejores tiendas de la calle Serrano y alrededores. Blanca no recrimina a Sebastián su fracaso, su precipitación o su prepotencia. Eso sólo lo habla con su madre, a quien visita casi todas las tardes, cuando sale de la consulta. Se limita a llorar.

—Nadie puede creerse Dios porque nadie lo es, por mucho que te lo hicieran creer en tu casa. Los López de Lucena son unos soberbios, mamá, y ahora no soportan la derrota, no conciben que unos desgraciados les destrocen la vida —afirma a media luz, tumbada en el sofá, mientras el aire fresco de un ventilador limpia su cara.

Su único alivio son las mañanas, de diez a dos, en un cuarto piso de la calle Ríos Rosas, con gotelé, grandes sofás y una mesa de cristal con revistas siempre nuevas, que Blanca siempre se encarga de cambiar. Eduardo tiene una clientela fiel: aprendió de su maestro y nadie detecta los melanomas antes que él. Nunca propone cirugía si no es indispensable.

Blanca lo mismo lleva la agenda del médico que le auxilia cuando debe quemar una verruga o explorar un herpes demasiado profundo. Forman una pareja atractiva, dinámica, que motiva el regreso de sus pacientes. Saben, sin saberlo, qué necesita el otro, cuándo precisa los guantes y cuándo la venda, cuándo un paciente se demora y cuándo hay que darle prioridad. La mayoría cree, aunque no lo digan, que son marido y mujer. Muchas, sobre todo las más mayores, le preguntan por sus niños y aseguran que la envidian, *qué buen mozo es tu marido*. Blanca siempre consigue desviar la conversación sin mentir. No sabe qué hace Eduardo cuando sale de la consulta y no se atreve a preguntarle. No hay en su actitud, siempre cordial, ventanas a la intimidad por las que pueda entrar. Tampoco él pregunta, más allá de algún comentario casual sobre viejos compañeros de la facultad. Ni siquiera menciona el fracaso de Sebastián. A veces se dice que tal vez le gustan los hombres y lo imagina besando a otro, tal vez en un descampado, como los que rodean la plaza de toros, a oscuras, protegiéndose y escondiéndose, y no sabe si le excita la idea.

Sólo el trabajo impide la pena por ese hijo que no termina de llegar, pese a ser penetrada por su marido casi todas las noches, siempre con el camisón puesto. Siente asco cuando limpia el semen en el bidé, mientras él se da la vuelta y empieza a roncar, sin una sola caricia. Y por eso cuando cada mes, con puntualidad germánica, llega la regla, llora con rabia, porque la compañía que la salvará no se asienta en su vientre. No llega esa niña que convertirá a su marido en un mueble más, hará que la inquina del barrio se esfume y, sobre todo, la amará desde el primer día de su vida. Ya se las apañará, piensa, para continuar con el trabajo, sea con la ayuda de su madre o con una ama de cría. Su marido no tendrá coraje para negarse, entre otros motivos porque eso le haría más dependiente de su padre. Le sienta mal, muy mal, que el dinero de su mujer llegue todos los meses, pero siempre puede encontrar consuelo en Francia o en la idealizada Gran Bretaña, donde tantas mujeres trabajan. Sin embargo, en ningún país hay bálsamo para los hombres casados que viven de sus padres.

A veces la palabra asesino llega hasta la conciencia de Blanca. La rechaza porque sabe que Sebastián no la merece. Sin embargo, no deja de aparecer, traída por el rencor. Los pacientes tal vez habrían vivido algunas semanas más, ayudados por bombonas de oxígeno. Durante esos días habrían podido pasear por el campo, despedirse de su familia o escribir una hermosa carta a su hermano, con quien tal vez se pelearon tanto tiempo atrás, buscando la paz de espíritu. No pudieron hacerlo porque su marido quería colocar una piedra en su pulmón para saciar su ansia de reconocimiento. Tenía tanta prisa y tanto miedo que ni siquiera ensayó con animales. Como decía el periódico, sus cobayas fueron los españoles. Los pacientes merecían morir en paz, no con su cuerpo rajado en dos, con un tumor de silicona dentro. Por eso cree que es un asesino, porque primó su gloria por encima del dolor de sus enfermos. Así lo piensa cada noche después del sexo, en la penumbra de la habitación, siempre iluminada por las farolas de la calle Núñez de Balboa, mientras intenta dormir frente a los ronquidos de Sebastián. Una noche de verano, con todas las ventanas abiertas, en plena crisis de insomnio de los dos, Sebastián no puede evitar el reproche:

—Cuando era un triunfador no te separabas de mí, pero eso lo hace cualquiera. El apoyo se demuestra en los días difíciles, pero nadie te cuida en los malos momentos. No queda otra que mantenerse uno mismo y asumir la soledad —exclama mientras su herida duele más que nunca.

—Siempre te he apoyado. Me duele que pienses eso porque es mentira. Paso la mañana siendo la criada de Eduardo para llevar dinero a casa y soporto la humillación del barrio por tu locura. Por si lo has olvidado soy tan médico como él y como tú. Aprobé anatomía, patología, cirugía como vosotros pero tengo que servir porque eres un puto inútil. ¿Qué más quieres de mí, incapaz? ¿Quieres mimitos?

Su voz, que tan rápido asciende hasta el grito, con el vértigo de una soprano, destaca en el silencio de la madrugada. No es la primera ni la última vez y los vecinos les llaman la atención por las broncas. Blanca no puede más. Se siente engañada. Sabía que debía soportar a un marido ególatra, pero también solvente y triunfador. Mejor eso que un auténtico tonto. No se ve aguantando a un marido fracasado, que se levanta a las once de la mañana y pasa las tardes y las noches vagueando. Cuando se entera de que no han sido invitados al bautizo de los Rodríguez de Miñón, que tanto la halagaban cuando se casaron, tan divertidos y formales a un tiempo, Blanca llega al límite y revienta con un grito agudo, que casi rompe el cristal de Bohemia:

—Estoy harta de vivir con un fra–ca–sa–do, con todas las sílabas y todas las letras.

Entonces, bajo el eco de los gritos, piensan al mismo tiempo que no pueden seguir así. Blanca no es la única que siente las consecuencias. Sebastián se considera un perdedor y no sólo por el pulmón, también porque no ha podido engendrar un hijo. Cada vez que atraviesa la puerta de su casa siente una profunda asfixia. Si conociera ahora, bordeando los treinta, a su nueva esposa, ella no sabría de sus fracasos. Sería, para siempre, un buen cirujano, un hombre honrado con un pasado oscuro, como tantos. Sin embargo, Blanca encadenará sus pies hasta que muera. Hay momentos en que desea incluso que sufra un accidente terrible, un infarto súbito, que no tengan la descendencia que buscan como un precepto moral, más que empujados por el deseo. Él también empieza a odiar el sexo, esa repetición mecánica, vacía de auténtico deseo. Están tan obcecados con sus éxitos y fracasos que les da igual la muerte de Franco, que contemplan en la televisión en blanco y negro como una noticia destacada y a la vez irrelevante. No afecta a sus vidas, a esa relación claustrofóbica que mantienen el uno frente al otro, sólo aliviada por el trabajo matinal de Blanca y las escasas consultas de Sebastián, casi siempre suplencias.

Un sábado cualquiera pasean por la Gran Vía, cuando aún las parejas, tomadas del brazo, hacían cola en los más de veinte cines de la calle, decorados con carteles pintados a mano. Entran, sin pensarlo mucho, en la última sesión de una película sueca, donde una pareja se odia profundamente, pero no puede separarse y decide acudir a una terapeuta, tan sueca, rubia y despeinada como ellos. Pero aquello es Europa del norte. La psicología apenas existe en España, más allá de unos pocos argentinos, que divulgan teorías psicoanalíticas sólo seguidas por los intelectuales más excéntricos. Entre los asiduos a casa de Sebastián o su padre, por muy de izquierdas que fueran, no se daban esas rarezas, incluso eran motivo de carcajada esos pacientes que se torturaban pensando si, aunque lo negaran, querían acostarse con su madre y matar a su padre. La psiquiatría era también de locos, pero sólo de aquellos que no podían elegir, confinados en la esquizofrenia o los trastornos extremos. Se vinculaba con el electroshock y las camisas de fuerza, con los pasillos de los manicomios, llenos de hombres y mujeres que hablaban solos, hundidos en sofás durante días por la medicación, con gente triste que parecía normal hasta que, de repente, su cerebro reventaba. Cuando, un martes cualquiera, Blanca lo contempla durmiendo al amanecer, tras horas de broncas e insomnio, derrumbado sobre la silla de su despacho, junto a papeles garabateados, siente pena y ganas de besarlo, de abrazarlo, porque tal vez se haya precipitado y haya pecado de soberbio, pero quiso ser más que nadie y que ella estuviera a su lado. Y se esforzó por saber más que sus profesores y viajó a Alemania y aprendió el idioma y construyó una prótesis perfecta, bella como un deportivo italiano. Le gustaría tener un amigo con quien hablar, un hombre que pudiera comprender a Sebastián, que le diera las claves para hablarle. Eduardo, su jefe, es siempre cordial, educado, pero nunca le ha hablado de su vida. No tiene fotos enmarcadas de una mujer ni de unos hijos, ni siquiera de sus padres. Se sentiría extraña comentándole los problemas de su marido. Alguna vez ha estado tentada de seguirlo, a media distancia, mientras camina solo, con la espalda doblada, camino del centro de la ciudad.

Aunque nadie acuda al psicólogo, los desahogos existen. Las mujeres los alivian con los sacerdotes y los hombres siguen apostando por la tradición: las putas y las largas sobremesas en restaurantes, acompañadas por coñac y mus. Blanca sigue fiel a la parroquia donde se casó: San Fermín de los Navarros, una iglesia neomudéjar, rodeada de un pequeño jardín, enclavada en la mitad de su barrio. Una mañana cualquiera, mientras Sebastián revisa con hastío otro quiste en el pulmón, consulta al cura de la parroquia, un hombre tan franquista como caritativo que, sobre todo, quiere quedar bien con el entorno del barrio y evitar un escándalo. Pese a su aire republicano —apenas un perfume ligero— la familia López de Lucena siempre cumplió con la Iglesia. Su instinto de supervivencia no permitía que ese flanco quedase distraído. El cura lo sabe y, además, siente sincero interés por sus feligreses. Intuye, además, que salvar al matrimonio le dará la eterna devoción de la familia. Es un hombre de cincuenta años que, cosa extraña para la época, lleva barba, ya encanecida por el tiempo. Comienzan a hablar en el confesionario, pero pronto pasan al despacho. Primero le recomienda a un psicólogo, que no atiende a locos, sino a soldados de la Guerra Civil, algunos hijos de las mejores familias del barrio que aún escuchan los tiroteos y sufren pesadillas cada noche. También trata a mujeres deprimidas tras dar a luz y a auténticos dementes que escuchan voces que les suplican que maten o se lancen por la ventana. Blanca se recuesta en la silla, perdiendo su rectitud habitual y empieza a llorar.

—Es un buen marido, pero está acomplejado, y los hijos no se educan por arte de magia. Cuando nazcan debe estar en su sitio, no puede seguir así, frustrado en el hospital y dando vueltas como una furia por la casa, sin salir a la calle porque le avergüenza.

El cura la toma de la mano y asiente comprensivo mientras ella empieza a llorar. Sebastián puede ser un buen padre, pero no puede ir a un psicólogo como en las películas porque se sentirá como un loco. Quiero recuperarlo, le dice entre lágrimas, al borde del llanto tendido.

El sacerdote espera a que deje de llorar. Blanca no le pide un pañuelo y limpia sus lágrimas con la manga de su blusa.

—La vida no es fácil para los hombres como Sebastián. Su familia es extraña. Sus padres también están obsesionados por ser vistos y medrar. No tienen las mismas costumbres que los apellidos de toda la vida.

—La cultura, siempre con la cultura a cuestas. Qué pesados.

—Tanto libro no puede ser bueno, querida —afirma el cura tomándola de la mano—. ¿De dónde viene su apellido? ¿De Córdoba?

—Nunca se lo he preguntado, ni él me lo ha contado. No sé de dónde vienen. Es todo lío, confusión —dice ella entre lágrimas y mocos.

—Misterio, amiga, misterio. Los secretos familiares son la clave de todo, pero no nos desviemos. Escúchame —le murmura al borde del silencio, tomando su mano—. No confundas la tragedia con el drama. Lo vuestro tiene cura, pero os encanta sufrir. Creo que conozco a vuestro salvador. Siempre que os atreváis, claro.

Al otro lado de la ventana, la tarde cae sobre los árboles frutales del pequeño jardín y los pájaros cantan, con inusitada alegría.

—Claro que quiero. Es mi marido, lo mejor que tengo.

El cura extrae un sobre de la cajonera de su mesa de pino. Está viejo, doblado, y lleva el anagrama del ejército de tierra. Contiene dos fotografías. En una aparece un joven cura, casi un adolescente, que viste un abrigo del ejército y un casco de camuflaje. En la segunda sale el mismo religioso, con una larga barba, frente a un icono ortodoxo, también joven pero envejecido, como si una segunda guerra, tras la auténtica, se hubiese abatido sobre él.

—Es Tobías —explica—. Lo destinaron a Rusia con la División Azul, fue uno de los capellanes que atendían a los soldados. Fue su primera guerra, se había librado de la nuestra por los contactos de su padre. Era un pipiolo, que apenas conocía mundo, y terminó en la peor masacre de la historia. En el frente conoció el horror, dio misas en ruinas y en llanuras heladas. Pronto fue capturado por los comunistas y le internaron en un campo de concentración. Allí pasó hambre y aprendió a odiar la nieve. Tras su liberación pasó años en un suburbio de Moscú.

—¿Y cómo sobrevivió a todo eso? —pregunta Blanca, capturada por la historia.

—Los soviets permitían la Iglesia porque les ayudó a ganar la guerra. O tal vez Tobías sea uno de esos hombres que esquivan los golpes antes de que vengan. Quién sabe. Gracias a su facilidad con los idiomas, enseguida aprendió ruso, superando los retos del alfabeto cirílico. Además, guiado por los popes, se inició en el culto ortodoxo. Se adentró en su mística profunda, aunque sin olvidar su fe católica. Pasaba días enteros en silencio, meditando en sus templos, ennegrecidos y llenos de iconos —afirma, mirando hacia el jardín, con la voz rota por la emoción.

—¿No se acercó demasiado a la herejía? —dice Blanca, fingiendo indignación.

—Todos los hallazgos han nacido siendo herejías, pero déjame continuar. Tobías congenió con un pope anciano, que necesitaba ser escuchado. Durante las noches de invierno le acogía en su casa. Allí leían libros sencillos de liturgia ortodoxa y alcanzó una síntesis propia de su credo y el ruso. El pope también le ayudó a superar sus pesadillas. Cada noche soñaba con hombres con los dedos partidos y el rostro comido por el hielo.

—Menos mal que no entramos en la guerra —afirma Blanca. El sacerdote sigue hablando, sin hacerle caso.

—Conoció también las teorías de Rasputín y a las sectas siberianas que, pese a su brutalidad, lograban una cercanía insólita con lo sagrado. Vio, con sus propios ojos, cómo un loco volvía a la cordura y cómo una mujer que escupía sangre sanaba sus pulmones.

Blanca lo mira fascinada, el dramatismo de la voz le recuerda las pocas veces que su padre le leyó un cuento en la cama.

—¿Y su familia? ¿Lo olvidaron? —preguntó Blanca.

—Escribía de vez en cuando a su madre, que movió hilos para forzar su regreso. Ni su familia ni el gobierno podían permitir tales rarezas. El ministerio de Asuntos Exteriores buscó la mediación de Yugoslavia para lograr su repatriación. Mantuvieron reuniones secretas en Belgrado y pronto fue intercambiado por dos presos rusos, comisarios políticos durante la guerra. Ni siquiera se planteaban si Tobías prefería quedarse en el exilio.

—¿Quería seguir allí, con los comunistas? —dijo Blanca, abstraída en la historia, olvidada del motivo que la había llevado hasta la sacristía.

—No es tan raro, todos ansiamos ser necesarios, sea donde sea. Tras su regreso, Tobías pasó meses en casa de su familia, sin saber qué hacer, paseando por las tardes por el Retiro. Añoraba el frío de Rusia, a los peregrinos siberianos y las mil formas de acercarse a Dios, algunas tan cercanas al pecado que se confundían con él. ¿Me sigues, Blanca?

—Por supuesto, estoy asombrada —dice, incitándole a que continúe.

—En España parte del clero quería perseguirlo, obligarlo a mantenerse dentro de la Iglesia, pero también era un héroe de la lucha contra el comunismo. Había sufrido por la patria más que todos ellos y no podían negarle una salida. Permitieron que dejara los hábitos pero no que difundiera sus creencias. Sin embargo, para Tobías, enseñar lo que aprendió era un deber que superaba cualquier orden. Por ahora está siendo prudente y sólo trabaja con escogidos.

—¿Cree, padre, que podrá ayudarnos? —pregunta Blanca convencida del privilegio que supondría el tratamiento.

—Sé que parece un curandero pero dos parroquianos, él consejero de Unión Eléctrica y ella hija del marqués de Casa Riera, han superado la muerte de un hijo gracias a su intervención. Aprovecharon su soledad para ir, por separado, a un convento y a un monasterio. Allí purgaron su dolor con azotes y llantos, dejando salir toda la culpa y el rencor. No son felices porque no puede serlo quien pierde un hijo, pero viven el día a día. Llámalo, no es psicólogo, ni psiquiatra, pero lo ha visto todo y conoce al ser humano —termina el cura, ahora de pie, frente a una Blanca al borde del llanto.

∞

A Blanca no le cuesta convencer a Sebastián esa misma noche, mientras cenan otro filete de pollo a la plancha con ensalada. Se lo pide acariciando su mano, fingiendo una confianza que sólo tuvo durante el inicio de su noviazgo.

—Pensaba que me ibas a recomendar un psiquiatra —dice—, pero si es un religioso y puede ayudarnos, iré. Sabes que te quiero y quiero formar una familia contigo. Tal vez pueda darnos una clave para que despierten tus óvulos —continúa, vengándose por una propuesta que debe aceptar, pero también le hiere. Le duele no ser capaz por sí solo de levantar su matrimonio, no comportarse como un auténtico hombre.

Tobías los recibe en su casa, un chalet de las afueras decorado con un estilo entre rústico y moderno, lleno de iconos rusos y fotos con popes de larga barba que contrastan con la modernidad de los muebles. Tiene piscina y una larga explanada de césped, lo que es extraño para la época. En el centro, dando sombra, destaca un abeto azul, que parece traído de Siberia, con largas ramas que se doblan y parecen pestañas gigantes, teñidas de cobalto. Su casa es una mezcla de sus dos vidas: la de hijo de una familia acomodada y la de preso y místico en Moscú. Es un hombre apuesto, aunque ya haya cumplido los cincuenta, vestido con un jersey azul de buena lana, una camisa de cuadros y un pantalón, ambos de franela. Sebastián, por supuesto, sí lleva chaqueta. Debe mantener la elegancia y la superioridad hasta el final. Tobías tiene ojos azules y una extraña paz interior. Sienten una confianza total en él, aunque no le conozcan de nada y permanezcan en silencio.

Habla sin necesidad de que ellos lo hagan. Parece poseer un profundo sosiego y lo conoce todo sobre ellos sólo con mirarlos. Su intuición es indiscutible, pero ha sido completada por su amigo el párroco, que ha consultado a todas las mujeres del barrio cuando acuden a contarle sus penas. Lo ha hecho con una mezcla de descaro y sutileza, refugiándose en el secreto de confesión. *Tu matrimonio tiene problemas, pero no tanto como el de los López de Lucena.*

Gracias a su habilidad detectivesca, Tobías y el cura incluso han conocido datos reveladores, como la detención de Gamazo. Fue contada en el confesionario por Mariluz, su joven esposa, que aún llora cada vez que lo recuerda. Gamazo, un joven con tantas posibilidades, marcado para siempre por los expedientes policiales. Sabían que nadie les había autorizado a hurgar así en las vidas ajenas, pero se justificaban porque el pecado serviría para enderezar a un matrimonio joven. Era una pequeña muestra de sus teorías: el bien y el mal son dos caras de la misma moneda, sin el uno no existe el otro. Por lo tanto, sin el cotilleo no habría existido la cura que tanto anhelaban.

El gurú no lo desvela todo de golpe: su poder resultaría tan evidente que se descubriría su origen. Sería como un mago que revela su mejor truco. Sólo afirma que entiende la frustración de ambos. No es fácil de tragar la derrota en lo que tanto han trabajado. Se sienta entre ellos, en un sofá gastado de pana, con la familiaridad que tendría alguien que los conociera desde hace años, que los hubiera casado o que le hubiera administrado la extremaunción a su padre. Después toma a cada uno de una mano, restaurando por un momento el vínculo refrendado por Dios.

—Os entiendo, de verdad. Los dos habéis renunciado a vuestros mejores años por amor. ¿Cómo no vais a seguir luchando? Sería una locura abandonar.

Les pide que hablen y expongan las causas de su dolor. Se suceden en breves turnos, sin interrumpirse, con una calma insólita, cuyo origen está en la templanza de Tobías. Ella llora, libre, y él contiene las lágrimas, destacando la humillación que supone escoger entre el dinero de su mujer y el de su padre. No dudan de su amor ni cuestionan que seguirán juntos, pero tampoco muestran comprensión alguna de la debilidad del otro. A los dos les ha fascinado la intuición de ese hombre barbudo, ¿cómo ha podido conocer con tanta precisión sus problemas? Ni siquiera sospechan que tras el conocimiento habita un truco de magia, tan fácil que ni siquiera es visto. Si lo fuera, tal vez provocara su salida de la casa con un portazo. También es posible que fuera perdonado porque el gurú tiene la aprobación y, al ser aceptado en los círculos cerrados de la alta sociedad, puede hacer lo que le plazca sin perder la confianza. Pero el secreto no ha sido desvelado ni lo será. De hecho, Tobías no sabe si debe catalogarse así una conversación entre dos sacerdotes. Ni siquiera se plantea si han obrado mal: la información era imprescindible para que la conversación fluyera con la necesaria soltura. Además la culpa sólo habita en su corazón cuando la precisa para el arrepentimiento. El resto del tiempo la borra con ejercicios de meditación siberiana. Mientras escucha, Blanca tiene escalofríos en el vientre. Surge en ella un deseo que no juzga. Se permite sentirlo, disfrutarlo: el carácter religioso del hombre bloquea cualquier salto a la realidad, aunque sepa que ya no es sacerdote.

Pese a la búsqueda de la concordia, Tobías no tarda en captar a la perfección el rencor y la cercanía de la violencia. Se nota, por ejemplo, en la ausencia de contacto visual: no se miran, cada uno avanza con su discurso, en dos líneas paralelas, como si no estuvieran juntos en la misma sala y en la misma vida. Cansado, les interrumpe y se dirige a los dos, en tono mucho más contundente, golpeando contra la mesa, mostrando una violencia que hasta entonces no había mostrado.

—La vergüenza debe quedar fuera de esta casa, de aquí no saldrá nada de lo que hablemos, absolutamente nada.

Sebastián ve entonces la oportunidad de brillar, de mostrar esa liberalidad que ha aprendido desde la cuna y le pide a Blanca que no se oculte y sea sincera: él también lo hará. Confía demasiado en la reciprocidad. Blanca entonces le mira a los ojos con dureza e inicia su vómito. Les habla de la vergüenza que le da salir a la calle. Todo Madrid cree que su marido ha causado la muerte a unos inocentes. Y no les falta razón porque esos hombres podrían haber disfrutado unos días más de vida, podrían haberse despedido de sus nietos, paseado con su mujer por su parque favorito, y, sobre todo, no haber muerto con tanto dolor, ahogados, con una prótesis azul en mitad del pecho. Y todo ocurrió por la ambición de un hombre que se niega a conformarse con una mujer joven, una familia y un buen trabajo. Sebastián la interrumpe y reclama que no le pega ni la insulta, que nunca osaría hacerlo, como si fuera un logro, un mérito que pocos pueden alcanzar. Entonces Blanca, rodeada por el sofá, un espejo con bordes dorados y un icono ruso sobre una pared con demasiado gotelé, habla, mirando sólo a Tobías.

—Habría preferido una bronca a este rencor interminable que no deja que entre ni salga el aire. Es como vivir siempre en una habitación cerrada. Le falta hombría porque no da la cara. ¿Cómo voy a salir yo si él se esconde? Y no quiero un hombre que se pegue por restablecer su honor, ni mucho menos, mi familia no es de macarras, pero sí a alguien con un mínimo de dignidad, que imponga su verdad —y ahora vuelve a mirar a su marido, que aprieta los puños y frunce los labios, con los ojos enrojecidos—, que hubieras escrito una carta al *ABC*, donde defendieras que eras un médico joven con entusiasmo, que recibió todos los ánimos del Gobierno. Además, ¿por qué te humilla mi trabajo? Soy tan médico como tú y ni siquiera ejerzo, soy una chica para todo, le llevo la agenda al titular de la consulta, compro vendas y de vez en cuando doy mi opinión. Encima llevo dinero a casa. Por favor, Sebastián. Todos sabemos que no eres tan malo como dicen —vuelve a tomar su mano, la acaricia, la besa y consigue que el rostro de su marido se desencaje, su cuerpo se recueste sobre el sofá y, gracias a la invitación del gurú, comience a responder en tono bajo, casi avergonzado, sin mirar a los ojos de nadie, concentrado en un icono que muestra a la virgen y al niño en tamaños medievales.

—Toda mi familia creía que mi carrera sería un éxito continuo, incluso que ganaría el Premio Nobel. He fallado, los he traicionado y no hay perdón para eso. Tal vez pueda ser un buen médico, que alivie a los viejos, pero he perdido el premio para siempre —dice impostando la voz como un actor antiguo, buscando sobre todo el apoyo ajeno.

—El Nobel, nada menos —dice el gurú sonriendo, dudando sobre si su consulta es el lugar adecuado para tales demencias.

—Sí, el Nobel. ¿Qué de malo hay en las grandes aspiraciones? Sólo los mediocres no las tienen y yo he nacido para triunfar. Eso no gusta y estoy rodeado de enemigos.

Tobías cierra los ojos y desde la lejanía le responde.

—Sólo has nacido para ser feliz y para hacer feliz a los demás, como todos los seres humanos. El resto no tiene importancia —y sigue, sin dejar que Sebastián le interrumpa—. Tampoco tus enemigos. Bueno, miento, uno de tus enemigos sí puede destruirte.

—¿Cuál, Gamazo, los periodistas, el director del hospital, mi padre?

—Tú mismo. Tu afán, tu ansia por ser reconocido, pero ya llegaremos a eso. —Sebastián protesta, pero Tobías le mira a los ojos y le ordena que calle.

—Vayamos con Blanca. No tiene culpa. Siempre te ha dicho su verdad. Su único error es asustarse, por eso a veces pierde los nervios.

Se revuelve en el sofá y mira hacia el jardín, donde juegan dos labradores de pelo oscuro, ajenos a la ligera lluvia que ha empezado a caer, cuyo ruido aporta paz a la charla. Quiere negar las palabras de Tobías. No puede pedir seguridad quien nunca la ha dado, pero teme arruinar el diálogo.

—Amigos, necesitáis liberaros y para conseguirlo debéis creer en mí. Sé que no es fácil confiar en nuestros tiempos, pero no tenéis más remedio.

Toma dos folios, con el membrete de una cruz y su nombre debajo, se sienta en su escritorio modernista, una pieza única de madera de cerezo, y empieza a escribir sus recetas.

A Blanca le recomienda hípica. Es un ejercicio apropiado para una futura madre y también para domar sus demonios interiores: montará a un ser vivo, que intentará marcar sus límites, como también lo harán sus hijos. Si lo domina, además, ganará la autoestima que necesita. Durante sus veranos en Comillas ya ha galopado por la playa, sin miedo a las caídas, con plena confianza pero, aunque la idea le guste, Blanca duda que sea un deporte femenino. Tobías responde que a lo largo de la historia ha habido notables amazonas. Sebastián no opina, pero la idea no le convence. Estará sola demasiado tiempo. Ya ocurre en el nuevo trabajo pero ahí al menos tiene una actividad incansable, que impide la reflexión. Tal vez en la hípica tome conciencia de que no lo quiere y eso le perjudique. Tobías le reserva un instructor, hijo y nieto de cosacos. Su familia fue amenazada por las purgas de Stalin y terminó en España, donde se sentía segura bajo el amparo del régimen. Perdieron lo poco que tenían: los iconos y las tumbas de los suyos. Se llama Nicolaj, ya ha cumplido los cuarenta y ha abierto una pequeña hípica en las afueras. Sebastián imagina a un hombre con piel curtida y mirada abisal. Intuye y teme una catástrofe pero carece de fuerza para negarse. Antes de despedirse, pregunta a Tobías en un aparte, junto a la puerta, mientras Blanca elogia las flores silvestres del jardín, cuánto le debe por la sesión. Se niega a cobrarles.

—Cuando te necesite, te lo diré —afirma.

Sebastián no responde. Habría preferido un pago directo, pero intuye que Tobías está bien relacionado y no le molesta acercarse a su red.

—Gracias, Tobías, de corazón —dicen mientras se despiden, tomándole las manos, inclinando la cabeza, mostrando el fervor que Tobías esperaba.

III

EL JINETE RUSO

∞

Nicolaj tiene cuatro caballos. Los cepilla, los alimenta, les habla cada noche, siempre en ruso. Se llaman Boris, Vasily, Natasha y, recordando a su único hijo, que murió en el parto junto con su madre, Alejandro. Será el caballo de Blanca. Sólo lo montan los alumnos más queridos porque, como siempre resalta, lleva el espíritu y el dolor de su familia. Cuando Nicolaj habla, con su voz rasgada y su profundo acento, Blanca siente una sensación desconocida. Necesita acercarse a su aroma a vodka y tabaco oscuro, seguirlo mientras monta, ordena su cabaña o, sobre todo, limpia los caballos, cuando los acaricia y los espolea, cuando entra en los establos y remueve sacos de mierda. Esos olores, tan fuertes, le devuelven a la tierra, a un mundo real pero, ¿no está ya en la realidad? ¿No está intentando concebir un hijo cada noche? ¿Qué hay más real? Se muestra distante frente a Nicolaj, menos cordial de lo que querría, obcecada en la negación. Sus sentimientos, se cuenta, son desviaciones, frutos de la ansiedad, metáforas de sus pensamientos reales, que no se corresponden con el auténtico ser. Sin embargo, cuando Sebastián la penetra, como casi todas las noches, cuando soba sus tetas y Blanca vuelve a gemir, con el mismo ritmo de siempre, piensa que es Nicolaj quien la posee sobre el suelo lleno de agujas de pino y pequeños insectos. El primer día logra rechazar sus pensamientos, la primera semana también pero, agotada por la negación, se deja llevar y permite que el cuerpo fuerte y cansado del ruso domine su conciencia. No deja de ser una fantasía, no saldrá nunca de los límites de su mente y no se convertirá jamás en acción, ni siquiera en lenguaje, pero con ella logra un orgasmo mucho mayor que los otorgados por Sebastián.

Tras la tercera sesión de hípica, bajo el suave frescor de las afueras de Madrid, rodeados de pinos y encinas, al borde del atardecer, Blanca olvida el tiempo, también la negación, y se queda al lado de Nicolaj, bebiendo un vaso de vino. Sabe que pocas mujeres decentes estarían a solas con un hombre que no fuera su marido o su padre, pero ella está luchando por salvar su matrimonio, ¿qué hay de malo en ello? Nunca dejarán de ser un profesor y una alumna. Es peor huir —se dice mientras degusta su olor a caballo, cuero y tabaco— que evitar el contacto. Resulta mucho más valiente afrontar el deseo, ser capaz de sobreponerse. Aprovechando la intimidad, Nicolaj, que aún huele a establo y lleva barba de una semana, le cuenta que cada día recuerda a Pilar, su esposa española, que murió con apenas veinticinco años por culpa de una matrona inexperta. Su tristeza nunca sanará.

—Gracias a Dios, la matrona se quitó la vida antes de que se la quitara yo —dice mientras Blanca se permite acariciarle el rostro, con el pretexto de la caridad. No pasa nada, piensa. Como buena cristiana, debe consolar a un hombre tan herido. No hay otras intenciones. Nicolaj no responde, sigue mirando al frente en silencio, bebiendo su vino a tragos lentos mientras atardece.

Sebastián, mientras tanto, ha descartado sus miedos. Está demasiado seguro de su nombre. ¿Cómo va a enamorarse de un hombre tan poco solvente, que sólo posee cuatro caballos y una finca en mitad de la nada? Sin embargo, a veces duda, sobre todo por el fervor que ella pone en tan repentina afición y por las menciones ocasionales que hace a la pena de Nicolaj, aún devastado por el dolor. Aunque su esposa muriera diez años atrás no la ha olvidado ni la ha sustituido. Como mucho la ha cambiado por ese caballo, llamado como el hijo que nunca tuvo. Cuando Blanca le cuenta la historia completa sólo replica: piensas demasiado en ese hombre. No se plantea que pueda ser abandonado. Ni siquiera en la libertina Francia podría pasar. Sí le desconcierta que tampoco ese hombre le cobre, cuando es evidente que no nada en dinero. Tal vez le pague Tobías pero, ¿qué querrán? ¿A qué viene tanta generosidad, tanto desprendimiento?

Cuando Blanca toma más confianza con el caballo, salen a trotar, y Nicolaj le cuenta que aprendió a cabalgar décadas atrás en las estepas de Rusia. Contempla asombrada cómo se pierde entre los olivos y las higueras, mientras el viento mueve su melena, indiferente a su presencia. Siempre galopa sobre Alejandro, su caballo favorito. Blanca queda deslumbrada por su valentía y los músculos de su abdomen, que aparecen bajo una camiseta negra, se incluyen en su catálogo de ilusiones. A su lado se siente distinta, más ligera, como si una fuerza ajena a ella moviera sus pasos. Nicolaj, piensa, lleva sus penas con mucha más dignidad que su marido, aun siendo más graves. Además, actúa. El recuerdo de Nicolaj aparece durante todo el día, hasta cuando rellena recetas, descuelga el teléfono, anota una nueva cita o escribe el protocolo de la extirpación de un lunar. No sabe si lo que siente es amor, pero sí sabe que no lo ha sentido nunca antes.

No obstante, ella no es la única que debe afrontar un tratamiento que mejore su relación. Tobías también tiene un remedio para Sebastián. Así lo comentan pocas semanas después, solos, durante un largo paseo por la Castellana. Allí no hay tanto mimo, ni tanto silencio estudiado. Le trata con cariño, pero sin evitar la dureza. Los acompañan el cielo oscuro, un aire helado y el movimiento continuo de los ejecutivos que recalcan la necesidad del trabajo. No teme decirle que lo considera un hombre débil, incapaz de poner orden en su propia casa y su propio barrio, en la ciudad que había creído suya. Y todo por un revés que había sido serio, eso nadie lo dudaba, y le había llevado hasta la prensa, pero había amainado como amainan todas las tormentas. Mientras avanzan por las sendas que rodean al Palacio de Cristal le habla de Rasputín y de su visión del mal y la pureza. Precisa mano dura, utilizar la energía de la culpa para crecer. No necesita cometer pecados porque ya cuenta con ellos, sobre todo contra él mismo. Como bien dijo Blanca, si hubiera sido un hombre recto, seguro, habría salido a los periódicos, a las calles, a las terrazas del barrio, incluso a sus iglesias, a gritar que esos hombres estaban en la antesala de la muerte, con o sin su intervención. Su mayor pecado, por tanto, no es la temeridad, ni el homicidio. Es la cobardía. Sentirá un dolor puro, transformador, porque penará por el daño que se ha hecho a sí mismo y a su familia y por cómo esa vergüenza ha encogido su corazón.

—Te curarás, serás un innovador y de nuevo tendrás motivos para sentirte especial. Podrás afirmar sin temor que eres un pionero en el éxito y en el fracaso.

Sebastián siente miedo y orgullo pero también sabe que se encuentra frente a un instante crucial. Tal vez ese sea su momento de gloria y no el implante, piensa mientras un gorrión se posa a su lado. Durante las semanas siguientes investigan juntos el poder del arrepentimiento, en cómo convertir la culpa en fuerza. Tobías transcribe cada día en un cuaderno de anillas el método que emplea y sus resultados. Aunque parezca modesto no lo es en absoluto. No en vano cree que la modestia es la peor forma de la soberbia. Se considera el renovador de la psicología, anquilosada en el psicoanálisis y el electroshock, aquel que enlazará el poder de la mente con el saber sagrado, ese anhelo de Dios que sienten todos los hombres. Todo es energía, sólo debemos saber cómo orientarla, y no hay mayor torrente que el nacido de la culpa. Ya Jesús dijo que en el cielo habrá más alegría por un pecador que se arrepiente que por noventa y nueve justos que no necesitan arrepentirse.

Cada tarde, tras su trabajo en el hospital, Sebastián acude durante un par de horas a la casa de la sierra. Es una habitación sin ventilación, una especie de zulo que sólo servía como almacén, lleno de herramientas de jardinería. Allí se azota con un látigo, aprieta un cilicio sobre su muslo y pide perdón a gritos por todos los pacientes muertos sobre la mesa de quirófano, mientras el gurú canta en ruso letanías eternas. Llega agotado a su casa, pero sin melancolía ni ansiedad. Cada mañana puede mirar a los ojos de su mujer. Surgen, incluso, algunos besos espontáneos. Gracias al proceso, Sebastián toma conciencia de que las deudas son siempre con uno mismo. Las que se mantienen con otros carecen de importancia, se acepte su saldo o se nieguen para siempre. Sólo quien las cierra consigue vivir en paz, por mucho que la sociedad, los tribunales o los propios acreedores, las den por saldadas. Siempre que entra en la casa de sus padres sigue recordando que nunca ganará el Premio Nobel y que podría haberlo conseguido, que no era un afán sin fundamento, pero a veces, no siempre, puede contener la rabia y no lanzarla hacia los otros.

—Es sólo un primer paso —le dice Tobías—, pero te servirá para salir del agujero. Intenta no volver atrás, a la soberbia que estás superando.

Sin embargo, sus tomas de conciencia no ayudan a que los demás mejoren la opinión que tienen sobre él. No pueden hacerlo. El ruido del implante aún continúa. Algunos médicos, sobre todo los más jóvenes, admiran su atrevimiento y se atreven a considerarlo un pionero, pero el ruido de las demandas y de los pacientes asfixiados con una piedra en mitad del pecho, continúa. Sus compañeros lo entrevistan, lo escuchan y lo comprenden, pero no lo contratan. No lo quieren en sus hospitales si no es como suplente, bajo el nombre de otro. Es demasiado conocido. La potencia visual del pulmón artificial, tan azul y aerodinámico, va en su contra porque ha entrado en la memoria colectiva. Incluso el implante aparece en el especial de Nochevieja, parodiado por unos humoristas.

Tras la décima entrevista fracasada, mientras ve cómo la ira de su esposa se convierte en indiferencia, pide una nueva cita a Tobías. El gurú ya es un hombre mayor. Las arrugas se acumulan en su piel, que aún sufre por tantas noches heladas en Rusia. Tiene una mejilla quemada por el frío, tan intenso como el fuego, de los amaneceres siberianos. Sin embargo, se mueve con una agilidad prodigiosa, digna de un gimnasta, y sigue delgado, casi escuálido. Escucha a Sebastián en el jardín de su casa, frente a la piscina, cubierta por una red que tapa el agua sucia y medio congelada. Están sentados en sillas de mimbre, bebiendo té chino. Tobías le pide lo mismo de siempre, que escoja la mejor versión de los hechos. Ya ha pedido perdón a toda la humanidad, sobre todo a sí mismo. Es tiempo de tomar una perspectiva distinta.

—Sebastián, hiciste todo lo que pudiste. No querías matar a nadie, incluso intentaste salvarlos. Ya te has arrepentido de tu humillación. No puedes —afirma mientras saborea el té y mastica lentamente una galleta de jengibre— volver a la vergüenza. La cuestión es repetir una y otra vez, en silencio, antes de dormir, con los ojos cerrados, tu propia versión. Hacerlo hasta que se mueva sola en tu conciencia, sin que necesites impulsarla. Repite sin descanso el mismo mantra: *me acepto, me quiero, me respeto.*

Durante diez días repite sin descanso el mantra. Lo hace mientras camina por el barrio, compra en el mercado rodeado de amas de casa, cubre una suplencia de un médico de familia y acude a una y otra entrevista, bajo la lluvia y el sol. Repite *me acepto, me quiero, me respeto* hasta que las palabras surgen en su conciencia cada vez que cierra los ojos, Tobías y él vuelven a hablar. Ha llegado el frío y se trasladan hasta el salón. Se sientan en el mismo sofá de pana vieja de la primera vez y Tobías pide a Sebastián que le cuente sus avances. Al principio lo hace muy bajo, para su propia camisa. No se entiende ni a sí mismo pero, poco a poco, su voz alcanza la proyección de sus mejores días.

—Soy un pionero, un valiente, un ingenuo que fue utilizado por los políticos para conseguir el éxito. No tuve tiempo suficiente para mejorar mi proyecto, me dejaron en ridículo y me abandonaron como a un juguete roto. Pero volveré. Resucitaré —dice, confundiendo la fuerza con el volumen.

—Resucitaré —grita de nuevo mientras los mirlos vuelan sobre el aire limpio de la sierra.

Tobías se levanta de su extraña silla, de madera clara y diseño danés, para aplaudirle. Le asegura, a bocajarro, que si sigue así pronto podrá volver a las calles de su barrio, a los aperitivos y al día a día.

—Los demás te respetarán porque te respetas a ti mismo. Y, lo que es más importante, podrás recuperar a tu mujer.

En la despedida, en la puerta de su casa, le entrega un sobre blanco, alargado, y le pide que lo mire sin prisa en su casa. Sebastián sonríe sin abrir los labios. Sabe lo que contiene, pero no quiere mirarlo. Siente cómo su energía se expande por la ciudad, de conciencia en conciencia, saltando muros, calles y descampados, a través del inconsciente colectivo, esa zona situada en el fondo de la mente que nos vincula a todos. Al día siguiente todavía no se creerá su versión de los hechos, pero empieza a repetírsela cada noche, tras la sesión de sexo. Hasta le parece que los gemidos de su mujer, mientras empuja su pubis contra los muelles, son auténticos —su percepción es correcta, pero no es él la causa sino un hombre al que desprecia por su pobreza—.

Abre el sobre de madrugada, sentado en su sillón. Contiene una factura dividida por conceptos. Incluye las clases de equitación, también las tardes en la casa de la sierra, que creía gratuitas. Por supuesto, aparecen todas las sesiones de terapia, tanto las suyas como las de Blanca. Tarda tiempo en dejarla sobre la mesa y antes repasa, sin terminar de creerlo del todo, un concepto tras otro, una cifra tras otra. Creía que a Tobías le enorgullecía tratar con ellos, con gente tan notable de la sociedad madrileña, que incluso era él quien estaba aprendiendo. No ha perdonado ni un minuto el muy cerdo, se dice, permitiéndose el insulto por su soledad.

También le duele que el dinero que liquide la cuenta venga de su mujer y de su padre, pero a la mañana siguiente va en persona al banco para ordenar la transferencia. Al menos, no será moroso. Por la tarde acude a la casa familiar. Su padre le ha conseguido una entrevista en un gran hospital cuyo fundador acude con frecuencia a sus tertulias políticas. Es un hombre mayor, viudo, que busca compañía refinada para sentirse intelectual. Alfonso no le insiste demasiado, no le hace falta, aunque no tenga otro poder que la palabra. Le arroja el regalo a su hijo con desprecio, como si fuera una penosa obligación de la paternidad, un acto tan desagradable como pagar los impuestos.

—Espero que encuentres pronto trabajo y no tenga que repetir esta humillación.

Sebastián está a punto de responderle que nunca se la había pedido, pero no se atreve. Prefiere agachar la cabeza de nuevo. Está en sus manos.

La víspera de la entrevista Blanca llega antes de montar a caballo y, sin que su esposo lo pida, le baja los pantalones y se arrodilla frente a él. Mientras lame piensa en el sexo de Nicolaj, marcado bajo los pantalones estrechos de equitación. No puede evitarlo, no desaparece de sus pensamientos aunque sienta a su marido en la garganta. Es torpe, los dientes se clavan, pero Sebastián no tarda en gemir.

—Te he tenido en mi boca, no puedes estar más cerca.

Él la besa y no le pregunta quién le ha enseñado. Ha sentido placer, sin duda, pero también le asquea que su mujer se arrodille frente a él como una cualquiera. Había sido una amiga del barrio, habitual de la iglesia, quien le había dicho que a los hombres nada les gusta más.

Sebastián está asustado, pero llega a la reunión preparado para el triunfo, con el empuje de sus mejores días y, también, con la presunción de grandeza que siempre le ha acompañado. El éxito frente al director del hospital se da por hecho, como la victoria al equipo de primera que se enfrenta al de los solteros de un pueblo. Acude caminando desde su casa, paseando por las anchas calles que le acompañan desde la infancia, sintiendo la brisa en la cara y una leve lluvia que moja su corbata de rayas y su traje azul. No le importa, está seguro de su éxito. La clínica es un edificio de ladrillo rojo, como todos los que la rodean, con un amplio jardín, que tiene espacio incluso para grandes árboles y columpios oxidados donde ningún niño se ha montado nunca. El mobiliario es de metacrilato y eskay. El mantenimiento falla, y se nota porque el belén de Navidad aún permanece mientras la primavera se acerca. La reunión transcurre en un pequeño despacho, presidido por un crucifijo. Se sientan en los sillones de cuero gastados, dando la espalda a un cuadro de la virgen, al título del director, a una foto con el Caudillo, firmada y dedicada con un *Arriba España y un viril abrazo*, y a otra de la jura de bandera, donde se adivina a un joven galán con el pelo engominado. El rey ni está ni se le espera. El director es el primero en hablar y le expone con absoluta claridad que debe esa entrevista a su padre. Sin su recomendación nunca le habrían recibido.

—No me gustan las recomendaciones —sigue— y no le recibo sólo por ellas. No es fácil innovar sin fracasar y su iniciativa mostraba un atrevimiento poco frecuente. Fue un atrevimiento con rasgos de soberbia, sin duda. No es usted para tanto, Sebastián. Sin la ayuda de su padre la arrogancia habría terminado con usted. Espero que no le molesten mis palabras. ¿Quién ha sobrevivido en España sin una familia que le ayude? ¿No será usted el primero que cree en los méritos como algo indiscutible?

—Por supuesto que no —reclama elevando el mentón, mirándole a los ojos—. Pero los méritos existen.

—Dejemos las cuestiones filosóficas para la cena de Fin de Año, o para algún fin de semana suelto, cuando vayamos a un club a tomar una copa.

Sebastián le quiere interrumpir, pero el jefe no se lo permite.

—Cuando termine de hablar llegará su turno. No se pase de listo, Sebastián. Aquí nadie le considerará un fracasado, sino un médico de primera fila o, más bien, una promesa de médico de primera fila, un hombre con talento que quiere y debe aprender. Sea humilde, utilice sus conocimientos y su técnica para sanar a los enfermos. —Y le ordena mirándole fijamente a los ojos, con tono enfático—: Dedíquese a sanar a quien puede ser sanado y a ayudar a morir a quien lo necesite.

Sebastián quiere volver a interrumpirle, pero el jefe vuelve a pedirle que espere.

—No me interrumpa, Sebastián. Recuerde la cadena de mando. Puede ser un buen cirujano, de los mejores. Todos los médicos jugamos a ser Dios, sobre todo los cirujanos, pero Dios solo hay uno —afirma señalando al crucifijo que preside el despacho.

Sebastián sabe que se equivoca pero le responde con soberbia, interrumpiéndole, con temblor en el labio, vocalizando cada palabra.

—He sido manipulado por poderes mucho mayores que yo. Sólo con fracasos como el mío ha avanzado la ciencia. El siguiente se aprovechará de mi trabajo y conseguirá el implante, pero mi nombre no lo recordará nadie.

—Sebastián, no siga. La vida ya ha empezado a bajar su soberbia. Empieza el lunes y no lo olvide: nadie es indispensable.

No ha levantado la vista del libro que estaba hojeando. Llama por teléfono a la enfermera que ejerce de secretaria. Es cincuentona, con gafas de concha y pelo cardado, y le dice que el doctor López de Lucena ya se iba. Sebastián se da cuenta de que no puede terminar así la entrevista.

—No le defraudaré. Estoy deseando incorporarme y empezar a aprender a sus órdenes.

—Así me gusta —le responde el jefe.

Y se despiden con un fuerte apretón de manos. Hasta le regala un Montecristo.

—Tome, Sebastián, para sus pulmones.

Desde el primer día busca la ejemplaridad. Pasa noches enteras en el hospital, viendo el ocaso y el amanecer desde la ventana de su despacho o desde cualquiera de las habitaciones, salvando el sueño con un café tras otro. Día tras día, su fracaso es lentamente olvidado. Cada vez que un compañero le pregunta, en la cafetería o en un cambio de turno, afirma que a la operación le faltaba un año de investigación y pruebas, pero las presiones políticas obligaron a adelantarla.

—Yo también soy una víctima —llega a afirmar.

Es un buen compañero, cambia turnos y aporta ideas en las reuniones, aunque siempre resalta sus méritos a la dirección. Se gana la reputación de ser un cirujano eficaz, preciso, que sólo extirpa lo imprescindible y se preocupa como el que más por sus pacientes. Incluso después de las altas los telefonea y les insta a que vuelvan a revisión. Conoce sus nombres, sus procesos y también los nombres de sus cónyuges. Hay algo de reparación a los trasplantados, de continuación de la terapia del arrepentimiento. También reza por ellos y siempre que puede los acompaña en sus últimas palabras, aunque sea de madrugada y deba despertarse antes del alba para trasladarse de nuevo al hospital cuando ni siquiera han llegado los celadores y sólo permanece el equipo de guardia. Le fascina quedarse a solas con la muerte, sentirla en el último aliento de los pacientes. Aunque lo haya olvidado, o tal vez no lo haya sabido nunca, también le pasaba a su padre. A veces, aunque niegue el pensamiento de inmediato, siente deseos de aprovechar su soledad para estrangularlos, ser él quien domine el proceso y sean sus manos quienes gradúen el viaje al otro lado. Así ocurre, por ejemplo, cuando un exministro agoniza por un cáncer de pulmón. Es él quien lo trata hasta la muerte, que ocurre un martes de madrugada, cerca del amanecer. Sólo lo acompaña su mujer, que le acaricia el cabello y le recuerda sus logros. Sebastián le toma de la mano. Le garantiza que le aguarda Dios al otro lado porque ha sido el mejor de los caballeros y de los padres. En su interior recita un poema ruso, dedicado a los soldados muertos, que le enseñó Tobías en sus últimas clases. Cuando la esposa se retira por un momento al cuarto de baño, siente la urgencia de la asfixia pero, como siempre, consigue dominarla.

Con el tiempo logra que sus colegas le consulten sobre los casos de cáncer más difíciles, donde no consigue la cura pero sí extender mucho la vida del paciente, gracias a un manejo magistral de la cirugía y la quimioterapia. Ya no aparece en las revistas científicas, pero empieza a ser el médico de confianza de la alta sociedad madrileña y puede volver a tomar el aperitivo después de misa, recibiendo los mismos abrazos de siempre. Al fin y al cabo, es uno de ellos. Su mirada brilla cuando su mujer es elogiada, cuando los condes de Valdelaguna toman el vermú a su lado y le solicitan su opinión sobre un médico o su criterio político. Y entonces resurge el Sebastián que aspiró a revolucionar la cirugía mundial y sus interlocutores caen imantados.

Blanca es sensible a la admiración ajena y eso se traslada también a la cama. Allí Sebastián empieza, al menos, a no ser repudiado. Aún no han recuperado lo que nunca tuvieron, aquella arcadia que existe en todas las parejas que idealizan un pasado glorioso de paseos por los parques, postres compartidos y polvos apasionados que jamás existió. Ignoran que no ocurrirá nunca porque en el centro del corazón de Blanca ha construido su casa un cosaco y Sebastián nunca podrá desalojarlo, por mucho que lo intente.

Pese a sus avances, no ha conseguido olvidar el fracaso. Se ha acomodado a su perfil de médico prestigioso y sabe que pronto será padre de familia, pero el tiempo pasa con su inevitable crueldad y nunca ganará el Premio Nobel, ni siquiera estará nominado. Teme que las emociones de su vida sean las emociones de los otros, tal vez las de sus hijos, y que su único temblor llegue cuando le anuncien su propia muerte. No puede soportar ser un médico más, una especie de funcionario del dolor, como el dermatólogo donde Blanca pasa el rato, especialista en quemar verrugas y aliviar el acné de los adolescentes. Nació para la grandeza, no para desperdiciar su vida. Además ya no le quedan motivos para arrepentirse. Debe repetirse cada mañana que es feliz porque su esposa lo es y porque recibe el reconocimiento de los demás. Sin embargo, sigue sintiéndose un fracasado, un médico del montón y no puede, ni quiere, evitar ataques de ira que, por supuesto, pagan siempre las auxiliares, nunca sus pacientes ni los directivos del hospital. Son recriminadas por errores reales e inventados. No hay criterio para su ira y ellas se esmeran en limpiar el quirófano y el instrumental con método y miedo.

También lo agotan el sexo reproductivo y los gemidos cansados de su mujer, que parecen causados por el trámite y la necesidad de tenerle satisfecho. Empiezan las excursiones nocturnas, acompañado por un internista, compañero de facultad y casado con una mujer harta de sus infidelidades. Tanto es así que el internista vive con su madre, evitando la separación, un estado marital que aún causa recelo y extrañeza. Las primeras noches se retira antes de que el amanecer entre por los cristales opacos de los tablaos flamencos, pero poco a poco se va adentrando en la frontera del día. A veces le impulsa la cocaína que su amigo compra en una coctelería del centro. Pronto comienza a consumirla también por la mañana, para paliar el sueño y la resaca. Es tal su efecto que no tiene reparos en recomendarla en público, como un excelente complemento al café y como una ayuda perfecta para disipar las dudas, avanzar en cualquier proyecto, reír con los amigos o soportar a la familia. Visita las boites más famosas de la época, acompañado a veces por psiquiatras, políticos, escritores con fular, incluso futbolistas con pelo en pecho. Por las calles encuentran a veces punks, con sus ropas negras y rotas, sus crestas y su palidez. Suelen evitarlos, como si fueran monstruos, presagios de un futuro oscuro, pesadillas vivas. Una noche, entre el humo del tabaco y la confusión de su propia mirada, le pareció ver a Eduardo, el jefe de su mujer, en un pub escocés. Estaba con una mujer mayor, casi anciana, tomando un whisky demasiado silencioso. Le pareció una pareja extraña, pero estaba demasiado borracho para acercarse.

Cree que la cocaína es la solución mágica a todos los problemas. El sentimiento se refuerza cuando conoce que Freud la esnifaba sin descanso y le atribuía todas las virtudes posibles. Le fascina su textura, el poder que le concede cada mañana, cuando alivia el pesar de cuatro horas de sueño. No le cuesta empezar a comprarla, en la misma barra acolchada donde lo hace su amigo. El problema aparece cuando, tras dos días sin consumo, el bisturí comienza a temblar en una operación, frente a la sorpresa de la enfermera. Nadie imagina la verdad, creen que es cansancio. Blanca intuye que las juergas esconden un problema mayor, aunque Sebastián siga cumpliendo con rigor todos sus compromisos. Sin embargo, cada vez que le pide que venga a casa a cenar o le alerta sobre la vagancia y la mala fama de sus nuevos amigos, cuando se levanta al amanecer y contempla a Sebastián tambaleándose por el pasillo, no se siente capaz de abroncarlo. Cree que es su infidelidad con Nicolaj, por mucho que intente ocultarla, lo que causa su actitud.

Gracias a la noche conoce a jóvenes con pelo largo, polos Lacoste y zapatos Sebago, hijos de grandes empresarios que pasan el tiempo en universidades privadas. Llevan el pelo revuelto, barba de tres días y se dicen apolíticos, aunque algunos hayan frecuentado a los skins y aún escondan las botas con puntera de acero en el armario. Son blandos con los suyos y duros con los débiles. Es una pandilla siniestra, pero su poder absoluto fascina a Sebastián. Pueden destrozar un bar, echar a todos los clientes de un restaurante o escupir a la policía. Van a los tablaos flamencos cuando amanece, los cierran y soban a las cantaoras bajo sus vestidos de lunares, mientras los hombres siguen cantando y aporreando la guitarra. Sebastián es de los pocos que trabaja y los desprecia: le parecen brutales, enemigos de la cultura y la clase que tanto ha amado y buscado su familia. Por eso mismo, por esa indiferencia hacia lo que considera absoluto, también los admira, porque se emplazan por encima del bien y del mal y le recuerdan a los héroes germánicos que conoció durante su estancia en Heidelberg. Frente a ellos nunca lo reconoce porque perdería su superioridad intelectual. Tampoco les dice que ha empezado a temer a la cocaína: cada día siente la tentación de esnifar una raya más. Su pulso ya falla: el corte del tumor maligno que sufre un consejero del Banco Cantábrico no es preciso, deja restos que no tardan en reproducirse en metástasis.

Blanca, mientras tanto, sigue visitando la hípica. Pronto descubre la equitación acrobática, que inventaron los cosacos en las llanuras de Ucrania. Había visto cómo la practicaba Nicolaj pero no se había planteado que pudiera hacerlo ella. Es un estilo difícil, peligroso, que requiere atención total, tanta que borra el dolor causado por su esposo y por ser la asistente, ni siquiera la enfermera, de un médico mediocre. Aprende a levantarse mientras cabalga, a lanzarse a los costados y sobre la cabeza del caballo. A ser una auténtica amazona, aunque siempre evitando la carrera. Sabe que si galoparan podría caer, golpearse contra el suelo y se arrepentiría para siempre de haberse dejado arrastrar por el riesgo.

Blanca no sólo ama la equitación, también la mirada que le lanza Nicolaj, llena de compasión y necesidad, mostrando una mezcla de dureza y desvalimiento que le resulta irresistible. El deseo crece allí, en la dehesa, entre el zumbido de los insectos, el olor de los caballos y la belleza de los atardeceres. Ve en sus ojos toda la tristeza de Rusia y se derrite cuando la toma de la mano, le habla en voz baja, y le confiesa, bajo el crepúsculo del encinar, que desea pasear de su mano por la rectitud perfecta de San Petersburgo, cruzar el puente del Neva, montar en un barco de vela y viajar entre el hielo hasta los fiordos de Finlandia, recorriendo sus miles de lagos. No hay tierra más hermosa que la mía, afirma mientras la noche cae sobre la hípica, los caballos relinchan y se arropa entre sus brazos, con el mismo paisaje en sus conciencias, el mismo norte soñado.

No puede reprimir el primer beso, tampoco acariciar los abdominales heridos y perfectos de Nicolaj. Sin embargo no siente culpa sino serenidad, una paz similar a la que tuvo cuando su marido fracasó. Sus intuiciones, como ocurrió entonces, eran certeras. No puede ni quiere negar lo inevitable y su primer encuentro ocurrirá en el escenario de su sueño premonitorio. Blanca toma a Nicolaj de la mano y lo lleva hasta el pinar. Allí, aprovechando la oscuridad del atardecer, se desnuda y se tumba sobre el suelo húmedo, lleno de agujas de pino, sintiendo el paso de las hormigas por sus muslos. A partir de entonces, con la soltura que concede el camino ya trazado, hacen el amor en cada visita. Pero, pese a la calma aparente, la culpa regresa. Pasa el día entre la alegría, las lágrimas, el deseo de regresar a la hípica y la tentación de contárselo todo a Sebastián, en un continuo de dolor y redención. Sólo consigue cierta estabilidad en la consulta, con Eduardo, cuya sonrisa helada, siempre acompañada de un listado de exigencias urgentes, le devuelve a la tierra.

Ha empezado a ir a misa todos los días, a veces por la mañana y por la tarde: no consigue quedarse embarazada y la culpa la devora. Sabe que debería dejar a Nicolaj, pero no puede y se justifica diciéndose que abandonarlo sería peor. Si lo hiciera reconocería que su amor es tan real que no resta otra opción que la huida. Bajo la luz de las velas, pide a Dios que le dé un hijo. Si no engendra, su vida carecerá de sentido y su marido se perderá en el alcohol y la cocaína. Está harta de tanto tiempo libre, de tanto vacío, de llenar las horas con ocupaciones menores, como escribir recetas a ancianas o aliviar la pena de su marido. A veces todas las peticiones se confunden en un marasmo, como un cuadro donde se mezclan todos los colores. Entonces hunde la cabeza entre las manos y busca el dolor, apretando las cuentas del rosario.

Sebastián, por su lado, es consciente del peligro, de la tentación que siente cada mañana y de las consecuencias que la falsa seguridad de la cocaína puede tener en el quirófano. No le queda más remedio que llamar de nuevo a su gurú. Se reúnen en el bar de un hotel de cinco estrellas, frecuentado por cupletistas y toreros, con techos pintados y camareros con pajarita. Le resulta extraño que un hombre tan místico le cite en un lugar tan folklórico, pero empieza a acostumbrarse a sus contradicciones. Le cuenta, con cierta vergüenza, que sabe que la cocaína es una sustancia inofensiva, pero le causa temblores, ira y cada día quiere consumir más. Tobías le responde contándole la tragedia de tantos psicoanalistas, seguidores hasta la muerte de Sigmund Freud, que no concebían el error de su maestro y cayeron en el vicio del demonio. Debe dejarlo, con la misma fuerza de voluntad que tuvo cuando reivindicó su derecho a una segunda vida. No puede, le grita, caer en las manos de esa droga infame. Cuando abandona el hotel, Sebastián tiene sentimientos encontrados. Por un lado se siente feliz por haber detectado a tiempo el peligro, por otro está iracundo, agotado, porque su fuerza de voluntad debe superar una nueva prueba. No puede fallar otra vez, no sabe si habrá redención después de haber sorteado ya una vez la ignominia. Su mujer, además, nunca lo permitiría. Pese a su admiración por su libertad absoluta, no es como ellos. Su familia es intelectual y ha luchado durante décadas. No puede permitir que el marqués de Villaverde vuelva a hablarle frente a un whisky sobre su mutuo fracaso en el trasplante y la injusticia del país con ellos, como si pudieran compararse. Sebastián no es un calavera, es un científico, hijo de científicos, que podría haber ganado el Premio Nobel. Poco a poco abandona las salidas nocturnas. Sus amigos, o más bien amigotes, no insisten demasiado, siempre hay sustitutos. No lo hace para favorecer su futura paternidad, sino por su reputación. No existen terceras oportunidades para nadie, ni siquiera para un médico español. Su mujer contempla su lenta retirada y redobla su gratitud en la iglesia. Cree que ha sido Dios quien la ha bendecido con la gracia divina, que ha sido él quien lo ha alejado de ese polvo maligno.

Además Blanca está embarazada. Fue fecundada la noche que su marido decidió dejar la cocaína. Sin conocer la decisión, se sintió segura y permitió que la vida fluyera dentro de su cuerpo. Frente al espejo, tras confirmar el retraso, piensa. Ha llegado el momento del orden, de abandonar la locura de Nicolaj, por mucho que le quiera, y centrarme en mi familia. Nadie tiene por qué conocer mi aventura, jamás. Esa misma tarde da su primer paseo por las tiendas de ropa infantil, donde mira pichis, pijamas y peleles y se pregunta si serán rosas o azules.

—Creo que estoy embarazada. Dios nos ha ayudado —le dice con templanza a Sebastián cuando llega a casa, despeinado, con ojeras, tras una operación de siete horas.

La reacción de Sebastián, una alegría indiferente, tampoco le preocupa. Tendrá tiempo para acostumbrarse. Juntos van al ginecólogo del hospital, cuya enfermera extrae su sangre y la lleva al laboratorio. Al día siguiente sabrán los resultados.

No le importan, ella ya conoce el resultado. Mientras esperan, Blanca se dedica a bordar la primera prenda del futuro bebé, unos patucos azules. Siente una paz profunda. Por fin vendrá ese hijo que traerá la serenidad a la familia. No le importa que el padre pueda ser Nicolaj porque nunca lo reconocería. Una parte de su conciencia, que se niega a admitir, le advierte que hizo bien aprovechando a los dos. Será un niño y jugará con su padre al fútbol. Un hombre honesto, normal, sin aires de grandeza. Si Dios la ayuda, su hijo no heredará esas fantasías de gloria que se repiten generación tras generación en los López de Lucena.

Su madre la acompaña la mañana siguiente a la iglesia, donde hablan con el cura de la barba blanca y rezan un largo rosario bajo la luz oscilante de las velas. Es una oración de gratitud a Dios, que ha traído la paz a su familia. Comen juntas en casa, algo ligero que les prepara el servicio porque Blanca sufre las primeras náuseas y devuelve todo lo que ingiere. Es el único vómito feliz de su vida. A primera hora de la tarde madre e hija toman un taxi y en silencio se dirigen hasta el hospital, situado en la plaza del Conde del Valle Súchil. Allí les espera Sebastián, aunque sienta una profunda incomodidad por la presencia de su suegra. Juntos reciben la sonrisa abierta del ginecólogo.

—Enhorabuena, artista —le dice a su colega con un abrazo. Blanca se aleja de ellos y se abraza a su madre.

El embarazo ha llegado tras días de sexo sin amor, de empujones del pubis de Sebastián contra el suyo y ayudado, quizás, por el que tuvo con Nicolaj sobre la tierra o en su cabaña. De la idea de ser madre junto a Sebastián, a Blanca le gusta que sus hijos hereden un apellido compuesto y tengan el futuro garantizado gracias al patrimonio familiar. Le aterra que si ella muere joven, sus hijos sólo sientan el egoísmo de su padre, sus corazones se sequen, y se conviertan en seres vacíos, incapaces de amar. Pero por qué va a morir, qué les puede pasar si tienen una vida monótona y, además, es joven y sana. Son los temores normales de todas las embarazadas, piensa.

Desde que conoce el embarazo, el miedo al aborto provoca que las visitas al picadero sean cada vez más escasas. No sólo teme perder al hijo, también que su marido se entere del idilio y su sueño de familia perfecta, por el que ha pedido tanto a Dios, se desvanezca. La pérdida del hijo les obligaría, además, a volver al sexo. Traería también el desequilibrio de Sebastián, siempre con la emoción tan frágil, y tal vez regresaría a los horrores de la cocaína. Hasta el tercer mes se acerca algunas mañanas en taxi y pide al conductor que le aguarde en la puerta. Avanza, culpable pero segura, entre las encinas que rodean el sendero de entrada. Durante media hora exacta monta a caballo bajo las indicaciones de Nicolaj, a quien sólo permite largos besos en la boca. Los ven tres taxistas distintos que, ante la tardanza, salen a pasear y fumar entre las encinas. Uno se masturba en la sombra, excitado por la mezcla de tierra y sexo. Sebastián no se entera —ni, de haber sospechado, habría querido enterarse—. Sólo un día, cualquiera, sin diferencia aparente con los demás, le inquieta ver las botas de Blanca manchadas de barro. Ante sus preguntas ella le confiesa que echa de menos a Nicolaj, pero ni siquiera entonces Sebastián le concede mayor importancia. No lo considera un rival. Es poco más que un siervo huido del terror. Además su patrimonio es nulo. Pese a su belleza, sus encinares y su verdor oscuro, tan próximo a lo que existía hace miles de años en esa misma tierra, cuando los elefantes gigantes vagaban entre las encinas, el suelo de las afueras de Madrid donde ha plantado su cabaña apenas vale nada. Durante las sesiones de equitación, Nicolaj contempla la pequeña barriga de Blanca sobre el caballo. A veces le aconseja que no monte pero Blanca nunca obedece. Ella lo desea porque es fuerte y la trata como a una mujer especial, no como a una cualquiera que le sirva para cumplir una estrategia o, mejor dicho, una obligación. Huiría con él a Moscú esa misma noche pero es una esposa tradicional y la culpa la hundiría. Sin embargo, es el propio Nicolaj quien descarta su posible paternidad. Blanca siempre se preguntará si lo hizo por amor o, simplemente, por quitárselos de encima.

—Blanca, ese hijo es de tu marido aunque fuera mío. Si lo asumes, ahora mismo, sin siquiera responderme, le harás un favor inmenso.

Ella no responde, sólo asiente, sin un gesto de cariño. Está de acuerdo, pero le duele el desinterés. Lentamente el color de la dehesa regresa a los tonos pardos del primer día y el olor a bosta vuelve a asquearla. No deja de desear a Nicolaj porque es su cuerpo quien lo hace, pero el encantamiento se derrite como hielo bajo el sol. Sólo vuelve a experimentarlo —como una simulación, sin auténtica fuerza— el último día cuando, antes de la retirada, bajo la luz de otoño, realiza una exhibición completa de equilibrios cosacos, que incluye rozar el suelo en pleno galope y cabalgar sobre el cuello.

Durante los últimos meses del embarazo Sebastián y Blanca pasean en silencio por el Retiro y toman helados en Rosales, frente al verdor británico del Parque del Oeste. Ella piensa, sobre todo, en Nicolaj. Le ha hecho caso y no piensa cuestionar la paternidad, por mucho que se pareciera su hijo al ruso. Ella y Sebastián parecen felices, pero no lo son. Ambos saben que su dicha es un fingimiento, que nunca se han amado y que, en el fondo, siguen siendo los mismos. Les conforta ser de nuevo una pareja respetable. Los felicitan en el barrio y les ceden la silla en todos los bares.

Serán mellizos, les aseguran las madres veteranas por el tamaño de la barriga.

Las vicisitudes del implante han sido borradas porque en el barrio se olvidan con facilidad los desastres de sus miembros más queridos —las fatalidades de los pobres o los advenedizos, sin embargo, se recuerdan para siempre—. Pronto Blanca deberá guardar reposo. Dejar la consulta de Eduardo le duele. Pese a su frialdad había tomado cariño a su timidez y también a ese respeto, tan europeo, con el que se tratan. Se sentía cómoda a su lado, sobre todo cuando preguntaba por su criterio frente a un lunar extraño. También echará de menos a los pacientes, aunque no sus comentarios, siempre tan indiscretos, insistiendo sin descanso en lo buen mozo que era el doctor, siempre preguntando por esos hijos que no llegan.

El trabajo de Sebastián parece aumentar con cada día de embarazo. Pese a que se desvele por sus enfermos no puede ni sabe cuidar de los suyos. Le agobian la cercanía y la debilidad. Siente repulsión por una mujer tan necesitada, tan mamífera y próxima a lo animal. Por eso se queda hasta la noche encerrado en su despacho, mirando expedientes ya cerrados, repasando los errores de aquella máquina perfecta que era su pulmón artificial, preguntándose por milésima vez, ya sin ira, sólo con tristeza, qué falló, por qué a la máquina le faltó flexibilidad, por qué no encajó en ese engranaje tan imperfecto, aunque se crea perfecto, que es el cuerpo humano, por qué el aire no fluía por los bronquios de plástico con la elegancia de los auténticos pulmones. En el fondo de su conciencia sigue ansiando el Premio Nobel y remediar, de alguna forma, la frustración que su padre arrastrará hasta la tumba. Porque Alfonso, aunque camine cada día desde su casa hasta la iglesia y el café, sufre Alzheimer y pronto su memoria será una estancia vacía.

Nada desearía más que hacerle feliz e iluminar ese cerebro que se dirige hacia el abismo, pero sabe que no lo conseguirá. No quiere decírselo a su esposa. Supone un desdoro para su familia y la prueba de la debilidad de su apellido. Mis hijos remediarán la herida familiar, se dice cuando llega la noche y se acuesta junto a la barriga de su esposa. Le gusta su calor, pero no puede evitar el rechazo. A sus compañeros les extraña que, estando su mujer en los días finales del embarazo, siga en la clínica hasta la medianoche, con los pies encima de la mesa, repasando revistas médicas o, simplemente, oyendo la radio mientras los pasillos ya están oscuros, pero no se atreven a comentárselo. Blanca sabe que miente cuando alude a la carga de trabajo: es cirujano y los quirófanos cierran por la noche. Siente que no la acompañe en un momento tan importante, pero también sabe que los hombres no sirven para esperar a su lado, hacer la sopa y consolarla. Prefiere que la acompañen su madre o su hermana, que saben ayudarla a ducharse, que le preparan comidas ligeras, con quienes se puede desnudar, llorar y soltar todos sus miedos. Sí, lo mejor para todos es que Sebastián se quede en su despacho.

Los mellizos nacen en un paritorio recién inaugurado, situado en un hospital de las afueras. Sebastián se ha ocupado de buscar la máxima calidad y Blanca grita como si la estuvieran desgarrando. Una enfermera limpia sus lágrimas, su sudor y le pide que empuje, mientras dos matronas tiran de la cabeza del primero. El feto es demasiado grande y por mucho que la vagina se dilate no puede salir. Está atrapado en su madre y, aunque salga, nunca terminará de escapar. Las dos criaturas se agolpan en el útero. Hay miedo en el hospital y Sebastián tiene sentimientos contradictorios que minimizan el temor. Quiere, por encima de todo, que su mujer sobreviva. Es un deseo egoísta porque no se imagina cuidando solo de dos bebés. El peor escenario, que todos mueran, no puede concebirlo, pero tampoco puede decidir si lo prefiere a la crianza en solitario. Tal vez, se dice, le aterra más la vida. Sí, comenta en voz baja, en murmullos que no puede permitir que escuche nadie, ni siquiera él mismo: si tienen que morir, que mueran los tres. Mientras tanto la matrona toma el fórceps y agarra la cabeza del feto para extraerlo. No puede sacarlo a la primera y empuja, lo que provoca que su cabeza se comprima. Su llanto es agudo, demasiado doloroso, hace daño hasta el fondo del tímpano. Parece que, desde el principio, sabe que lo que le aguarda no será fácil. No es, ni mucho menos, un nacimiento agradable, aunque el padre se vea forzado a festejarlo y, también, a insultar a la recién nacida, tal es su ansia de perfección.

—Menuda cabeza de pepino —dice, con la complicidad del médico y la vergüenza de la matrona.

Ambos ríen a carcajadas —con el despotismo de los doctores de aquel tiempo—. La madre calla, le gustaría insultarlos, tomar a su hija y esconderla entre sus brazos, pero está demasiado concentrada en asimilar lo que ha ocurrido y piensa siempre en lo que debe hacer o decir una mujer. Sin embargo, por un momento, mientras toda ella se tensa y de su cuerpo salen heces y sangre, recuerda su premonición. Quien no ha sido amado no puede amar, y Sebastián no fue amado, fue adorado. Sólo se ama a sí mismo. Ni siquiera las ha acariciado, parece tener miedo de su sudor, de su orina, de su mierda, de su vagina desgarrada, de esa hija imperfecta que no quería abandonar el útero. Nicolaj es pobre, apenas tiene una cabaña y cuatro caballos, pero amaría a sus hijos con mucha más verdad.

Por favor, Dios, piensa Sebastián en una oración blasfema que nunca osará pronunciar, si tiene alguna tara grave o ha nacido subnormal, llévatela contigo. No podemos soportar esta carga. Bastante desgracia ha tenido mi familia perdiendo el Premio. Hemos nacido para triunfar.

Los gritos de Blanca vuelven a reclamar su mirada. Sin descanso para el dolor viene el segundo, que sale con facilidad, sonriendo, aprovechando sin culpa ni reparo el hueco dejado por su hermana, acurrucándose con dulzura en los brazos del padre, que le acoge con alivio. Un rizo dorado le cae sobre la frente. Tiene una cabeza pequeña, armónica, redonda. Parece salido de un cuadro renacentista. El padre lo abraza porque es tan bello que su familia lo merece. Ríe, lloriquea, busca la teta y se carcajean aliviados por el éxito. La primera hija queda llorando, sola, buscando el pecho. Blanca está agotada, pero antes de que se lleven a Jacobo puede ver su espalda. La marca de Sebastián está ahí, minúscula, como una isla de dolor en la mitad de la piel, confirmando su paternidad. No tardan mucho en regresar al hogar familiar, donde la criada ha dispuesto las cunas en la misma habitación. Son idénticas, sólo se diferencian por la inicial y por el lazo que hay sobre ellas. En un caso es rosa, en otro azul. Es una ama de cría quien la cuida por la noche y alimenta a los niños con su leche —ya ha triunfado la leche artificial, pero Blanca sigue las costumbres de su familia—. A veces los toma a ambos con sus brazos fuertes, los sitúa a ambos lados de su cuerpo y deja que aspiren de sus pezones grandes y pardos.

Los niños son bautizados en la misma iglesia donde sus padres se casaron, por el mismo sacerdote, que también los introdujo en la extraña luz de Tobías. El bautizo supone la confirmación del regreso de la familia al barrio. Han llenado la iglesia con los mejores apellidos, que sonríen complacidos ante los mellizos, vestidos con sus trajes marfil de cristianar. Las demandas, los artículos incendiarios y los desprecios, han sido olvidados, aunque si ocurriera un nuevo error serían recordados. El agua bendita cae sobre la cabeza perfecta de Jacobo y sobre la aún marcada de Ángela.

Sebastián suele visitar la habitación de los mellizos, de madrugada, mientras todos duermen. Entre las sombras de la noche, iluminada por las farolas, ve la cama de la nodriza, el perfil de su cuerpo y sus cabellos oscuros. Imagina sus grandes pechos, su cuerpo desnudo y caliente bajo las mantas y se excita. Se siente culpable por traer la perversión al cuarto de sus herederos porque su conciencia debe crecer limpia. Serán ellos quienes cumplirán el designio que la familia lleva intentando generaciones: el éxito absoluto, el premio de los premios. No servirán ni una cátedra en Oxford ni el toisón de oro. Son logros importantes, significativos, pero también menores. Lo único que le valdría a su familia es el Nobel, el reconocimiento que queda en la memoria de Europa, del mundo, que aparece en las enciclopedias y regala calles, cuyo vencedor es conocido y admirado, no olvidado como todos los finalistas o los ganadores de premios de consolación. Él ha sido una transición, una pieza más del camino hacia la gloria, como también lo fue su padre. Sobre todo confía en Jacobo, el segundo, el hombre, que nació sin fórceps, tan rosado y angelical, que duerme sin ruidos y sonríe a la primera gracia, que incluso parece mirarle con amor. Ángela es demasiado fea, no quiere ni verla, ojalá cambie pronto, aunque la cabeza tarde en regresar a su forma. Resalta contra el blanco de la ropa de cama. Han crecido vegetaciones en su garganta, es ronca y le tiemblan las manos, como si su cerebro tuviera cien años. También tiene los ojos achinados, tanto que su padre sospecha que es Down. Tal vez pueda dedicarse a servir a la familia, a cuidarle cuando sea viejo. Incluso a la caridad si sale despierta. Piensa en darla en adopción, también en que muera, aunque niega de inmediato los pensamientos. El primero, Jacobo, su consuelo, un valor refugio, como el franco suizo o el oro. Ángela servirá, sobre todo, para allanar su camino, como un rompehielos que despedaza las placas de hielo, dejando el agua limpia para barcos mejores.

Sebastián sigue con su vida habitual. Ni puede ni quiere abandonarla por la paternidad. Vuelven a llamarlo los partidos de izquierda pero recela, teme que un compromiso excesivo lo lleve a la cárcel o al despido, ahora que empieza a remontar. Sin embargo, cree que el PSOE llegará al poder, y por eso sigue intimando con la oposición, controlando la distancia. Pese a que su vida sea, en apariencia, un éxito, contempla los días como una larga extensión hacia la muerte, sin demasiadas emociones. Sólo tendrá que dejarse llevar, trabajar con corrección y cuidar a sus hijos. La emoción, se dice, se ha ido para siempre. Blanca dedica su día al cuidado de los niños, siempre protegida por la interna, y pasea orgullosa a su prole por el Retiro, acompañada por la reciente abuela. Se siente llena, feliz, y lentamente su cuerpo vuelve a la normalidad, aunque quedarán marcadas las holguras de su vientre, que diferencian su cuerpo, vivido, del cuerpo de una modelo o de una niña. Contempla a su esposo con ternura. Aprecia los esfuerzos que realiza por sus hijos, aunque le inquiete su desprecio por Ángela, pero duda si los hace por obligación o por amor.

Vuelve pronto a la equitación cosaca, a la libertad que concede la acrobacia. También regresa, aunque intente negar la inercia, al sexo con el jinete ruso. Ha perdido el trabajo y necesita escapar de la asfixia. Con él siente deseo, calor, matices nuevos y desconocidos de la vida. Ya no aparece el enamoramiento, el recuerdo de Nicolaj no matiza la luz, ni hechiza sus pasos pero sí siente una libertad insólita. Puede decir y hacer lo que se le antoje, sin límites. Por ejemplo pasar horas tirada, vestida apenas con su combinación de encaje, sobre la cama de la choza. A su parte más salvaje no le importaría quedarse embarazada de nuevo y tener un hijo cosaco, lleno de fuerza y amor.

Cada día corren más riesgos. Hacen lo que nunca habría imaginado, lo que ni siquiera sabía que existía. Practican sexo oral, incluso se corre el uno en la boca del otro, sobre la paja del establo, entre los relinchos de los caballos. Sólo quiere ser adorada, follada, cubierta por un hombre que huele a tierra y a mierda de caballo. Conoce el sexo anal, también en el establo, agarrada a la puerta de madera. Se queda atónita ante la vibración de su propio cuerpo nacida de las profundidades de la tierra. Después cabalgan y practican acrobacias cada día más salvajes. Blanca se eleva sobre la cabeza, se tumba sobre el lomo, suelta las riendas, agarra las crines, se inclina, con su cabello rozando la tierra, hacia izquierda y derecha, y no le importa caer a la tierra porque está por fin viva, absolutamente viva. Sabe que la aventura no terminará bien, que debería cuidar de sus hijos y su marido, pero no puede evitar seguir, es superior a sus fuerzas. Cuando está con Nicolaj todo su dolor se ahuyenta, desaparece, se siente libre y feliz. A su lado se olvida de la frustración que le causa Sebastián, del abandono de su trabajo pero, sobre todo, de su mayor preocupación, Ángela. No soporta cómo la trata su marido, pero carece de fuerzas para enfrentarse a él. Frente a Sebastián finge que le aburre la hípica. Le dice que querría quedarse con los niños y que pasaran menos tiempo con la nanny, pero debe cumplir con el tratamiento de Tobías. Sebastián nunca tiene celos, ni siquiera se le pasa por la cabeza que su mujer le sea infiel con alguien con tan pocos medios. Además la niñera no da importancia a que su señora regrese cada día con los pantalones manchados de tierra y el maquillaje corrido: no puede concebir que el adulterio ocurra, y menos en una señora tan distinguida, que más que una mujer parece un ángel.

Desde los primeros días la niñera pasea con los niños cada tarde por el parque del Retiro. Los llevan en un coche doble. Una cabina va destapada, la otra cubierta, pese al calor de julio. No quieren que nadie vea las piernas de Ángela. Están esmirriadas y son cortas en relación con el tamaño de su cabeza. O al menos así las contempla Sebastián. La familia adora a Jacobo, el segundo, que aprende más rápido y gatea con gracia. Sebastián adora la belleza física, le horroriza tener una hija fea aunque esa fealdad —la hermosura de Ángela ya es destacada por todos los desconocidos— sea un recuerdo.

IV

SIN AMOR

∞

La caída de Blanca ocurre en mitad de una acrobacia. Permanece de pie sobre los estribos, con las manos muertas a los costados. Tal vez piense en sus hijos, en la infidelidad, en todo el caos que la rodea. Los caballos, incluso los más mansos, detectan la incertidumbre. Sólo tiene que alzar las patas y revolverse para llevarla al suelo. La caída no es grave. Le da tiempo a soltar una maldición y a intentar alzarse de la arena sucia del picadero, con la cara herida y manchada de barro. Si se hubiera levantado, la caída habría quedado en una anécdota, pero no lo hace. Nadie prevé la ira del caballo, que le pisa la cabeza, la golpea como si fuera una pelota, en plena boca, con la fuerza de un animal salvaje. Blanca cae como un muñeco, con la cara hundida y los huesos del cráneo al aire. Ha perdido la conciencia, aunque su corazón aún resista. Es un caballo dócil, domado, nadie se explica su reacción. Indiferente, continúa trotando por la pista, siguiendo los ejercicios de doma con absoluta precisión, esquivando el cuerpo de Blanca como si fuera un peso muerto. Nicolaj, que descansa en la cabaña, se sorprende por el silencio, ella siempre grita, se emociona con cada paso del caballo, con cada acrobacia. Levanta la cabeza y ve que no hay nadie montando. Entonces salta y corre hacia la pista, como si su prisa pudiera alterar en algo la tragedia.

Blanca intenta hablar, pero sólo cae saliva de su boca, ni siquiera murmullos. El ojo derecho cuelga sobre el hueso. El cosaco recuerda los peores momentos de la guerra, cuando tuvo que rescatar a sus amigos muertos de la nieve. Intenta levantarla, pero su cuerpo descoyuntado tiembla bajo los espasmos. Tiene la espalda destrozada y sus movimientos sólo agravan el golpe. El caballo, mientras tanto, sigue trotando, ajeno a los gritos de su dueño, que le amenazan con la carnicería. Tal vez sepa que le resta poca vida y que, con carnicería o no, morirá pronto —nadie sabe con certeza qué esconde la conciencia de los caballos—. Nicolaj la toma entre sus brazos, encaja el ojo en su hueco y la monta en su furgoneta. Conduce por la autopista vacía a velocidad máxima, hasta que la carrocería tiembla, mientras el ojo de Blanca lentamente se separa de su cuenca.

En el hospital, en esos momentos, su esposo empuña el bisturí. Está a punto de cortar un tumor negro, que casi ciega un pulmón. Ni siquiera intuye que su vida, en esos momentos, está cambiando para siempre, ni que lo hace en un sentido que nunca habría sospechado. Nicolaj no sólo la deja allí porque sea el hospital de Sebastián, también es el más próximo. Nunca duda: la guerra y los negocios le han enseñado a decidir rápido y sabe que su alumna se halla entre la vida y la muerte. Nicolaj entra con calma a la recepción, como quien avanza por un ministerio, deja los datos del marido a un enfermero, a Blanca en una camilla, y regresa a la finca a velocidad lenta, fumando cigarrillo tras cigarrillo mientras evalúa la situación. Poco puede hacer ya y debe cuidarse. Si su familia ha sobrevivido a la revolución rusa y a la peor guerra que ha visto la humanidad no puede caer por una señorita madrileña venida a menos que ansía acción. Pronto aparece el marido por urgencias, aún con la mascarilla y un gorro verde. Estaba operando. Contempla atónito el cuerpo descoyuntado de su esposa, sus ojos enrojecen, su boca se llena de ira y ordena la llegada de los mejores cirujanos, gritando sus apellidos. No tardan en aparecer y coinciden en el diagnóstico: es difícil que salve la vida, aunque intentarán recomponer su rostro. Será lo primero porque, para una mujer como ella, vivir con el rostro desfigurado carece de sentido. Al menos podrá posar en el tanatorio, rodeada de las coronas y los llantos que merece.

La operación dura 15 horas y el resultado es perfecto, pese a las escasas opciones de supervivencia. Su marido apenas la visita. Está sola en la UVI, llena de cables y monitores, que emiten pitidos sin criterio, rodeada de ancianos moribundos y de cincuentones con metástasis. Sebastián piensa que no quiere molestar a sus compañeros. Sólo se informa a través de los partes que le suministran, por escrito, cada dos horas. Cree que con eso tiene suficiente y que el afecto no sirve de nada a una mujer en coma. Apenas aparece por su casa, donde la ama de cría y la madre de Blanca se ocupan de los niños. Tampoco cree que el cariño sea necesario para unos hijos que ni saben hablar ni apenas lo conocen. Pasa las horas en su despacho trabajando, leyendo, haciendo papiroflexia o escuchando la radio. Ni siquiera se acerca al bar. Necesita fingir una conducta ejemplar. Le aterra que su esposa muera mientras sujeta una copa.

Durante el coma, Blanca soñará. Vive en una casa del sur de Francia, rodeada de sus hijos, que son hermosos y rubios, y acompañada por un hombre que no es su marido, sino un millonario francés, con las facciones de Alain Delon. La casa es una mansión de la Provenza, de piedra clara, con enredaderas y ventanas cubiertas por la yedra, que reflejan el sol, no demasiado cálido, del sur de Francia. Sebastián no existe, ni siquiera en su memoria. El único hombre de su vida es Delon, que labra el campo antes del amanecer, recoge las hortalizas y les prepara cada mediodía pisto y pescado fresco, venido del puerto de Marsella.

El hombre con cara de Alain Delon los cuida, los escucha, corta leña en invierno y son más felices que nunca. Hacen el amor todas las noches y los niños acuden al colegio por la mañana, atravesando un bosque lleno de ciervos y ardillas, donde también hay manadas de lobos. Sin embargo no es un lugar feroz, sino lleno de bondad. El amor les protege del ataque de unos seres extraños, cuya presencia se intuye pero no se conoce. Son seres cuya cercanía se escucha por la noche. No tienen rostro, son delgados y altos y sus rasgos se ignoran. No son la única amenaza, tampoco la más importante. Hay un sótano bajo la casa, lleno de ratas, que hacen ruido con sus pasos, cada vez más fuertes, que no son sólo pasos de ratas, sino también de hombres. Blanca empieza a sentir miedo y el tipo con rostro de Alain Delon envejece, deja de protegerlos y pasa el día y la noche dormido. Ella es incapaz de despertarlo. Los ruidos pasan al día, cada vez con mayor intensidad. Alain Delon, viejo, se levanta sólo para beber absenta y abroncarlos.

—En el sótano están guardados unos archivos secretos. Son muy delicados, no podéis entrar —les dicen a los niños cuando preguntan por el ruido.

La vida sigue en la casa familiar, pero el ruido cada vez es más intenso y las conversaciones quedan ahogadas. A los niños les salen en la cara ronchas oscuras rodeadas de sangre. Blanca, de repente, ve que Alain Delon ha caído al suelo, abatido por el cansancio y la vejez. El ruido es ensordecedor y los seres extraños salen del sótano. Blanca cae al suelo, envuelta en un torbellino inexistente, formado por ondas de sonido, que la doblan y la envuelven como a una araña en su tela. Incluso desaparece dentro de la tela, que tiene su forma pero ningún hueco. Blanca se abomba, se hincha, pero son bocanadas llenas de ansiedad, de miedo a una muerte que no puede creer pero sabe inevitable. Y, como ocurre tantas veces, en la cercanía de la parca cree que despierta, contempla el mundo y lucha por su vida. También piensa en sus últimas palabras y deseos, centrados en sus hijos. Pero sólo ha despertado en otra pesadilla. Hace frío, sin duda, porque la muerte nunca es caliente, sino húmeda y oscura, como un día de invierno en un río, en una acequia. Los ojos se acostumbran. Se halla en un puente, lleno de mendigos, vestidos con harapos, mutilados por la guerra y la pobreza, que caminan cojos, manchados por sangre propia y ajena.

En el mundo real está rodeada por su madre y su hermana, que rezan el rosario en la penumbra de la noche, ya cerca del amanecer. Su rostro está vendado. La hermana aún mantiene esperanzas, pero la madre sabe que se aproxima la hora más difícil del día, ese amanecer donde acostumbran a huir los agonizantes. Ella no ve nada de eso, sino un río oscuro donde la rodean mendigos implorantes, que pasan la noche en los huecos de un puente, protegidos por cartones. Blanca ni siquiera los tiene. Está a descubierto, bajo el frío y la lluvia que moja su cuerpo, bajo la escarcha, que deja hielo entre las paredes manchadas de moho del puente. En la vida real empieza a agonizar. Su rostro está cubierto por vendas, que perfilan una cara perfecta, reconstruida con hilo fino y puntadas precisas, alejada de las brutales cicatrices que rodean a su ojo perdido.

Mientras su mujer muere, el marido duerme en su propia cama, ajeno a la agonía. A los niños los cuida la criada al otro lado del largo pasillo. La oscuridad y la penumbra son las mismas que en el hospital. Ni siquiera los separan cinco kilómetros y comparten las mismas ráfagas de aire helado. Sebastián se despierta, como todas las mañanas, preguntándose por qué falló el implante. Sólo cuando escucha el llanto de los niños recuerda que su mujer está hospitalizada, a punto de morir por la coz de un caballo. Cuando llegue al hospital ni siquiera irá a visitarla, aunque su voz interior le avise de la proximidad de su muerte. Permanecerá en su despacho, fumando y mirando expedientes, repasando las operaciones del día. Para evitar la culpa planea pasarse después de comer, pero ya no podrá hacerlo. Para entonces las auxiliares estarán vaciando la habitación.

Blanca muere cerca del alba, con sólo veintinueve años y su mano escondida en la mano de su madre, con sus hijos cuidados por desconocidas, sin conciencia alguna de lo que ha ocurrido. Apenas sentirá que la tela de araña se cierra y que la luz que brilla entre los hilos se difumina en la oscuridad absoluta. Esa misma noche Sebastián, mientras la familia, el cura del barrio y toda la sociedad madrileña lloran en el velatorio, coloca una foto de su mujer, enmarcada en plata, sobre la mesa de centro del salón y la rodea de petunias. Así se mantendrá durante años y años, flores frescas que circundan un retrato en blanco y negro, de una mujer con nariz y labios finos, conseguidos tras décadas de nobleza. Mientras tanto, en el velatorio, Blanca es maquillada y tumbada en un féretro de maderas rojizas, con asas doradas, acolchado en blanco y vestida con un vestido antiguo, que la tapa hasta el cuello. La habilidad con el maquillaje de los tanatopractores, junto al éxito de la cirugía, hacen que la coz del caballo, el ojo desgarrado y los huesos al aire, pasen desapercibidos. Sólo advierten las marcas de las cicatrices, el aumento del maquillaje y el distinto color de la piel quienes ya conocen la patada. Y, por supuesto, lo comentan para sus adentros. La familia y los amigos más próximos irán al entierro, que tendrá lugar en el panteón familiar, entre estatuas de ángeles que lloran sin descanso.

Sus hijos no habrán cumplido ni dos años. Se puede especular sobre si conocieron o no la muerte de su madre, si sintieron la quiebra del vínculo más fuerte o si fue suplido por las cuidadoras y la abuela materna, que nunca, pese a que fuera imprescindible, pudo aliviar su frialdad británica. Por supuesto, no asisten al entierro, tampoco al funeral, y si sobreviven a la ausencia es por la presencia continua de su nanny, que no les enseñará a leer, ni las ecuaciones euclidianas o los primeros pasos de ballet, sino algo mucho más difícil: les enseñará a amar —con las limitaciones lógicas, porque quien está tan dañado no es capaz de querer sin dolor—. Sebastián no abraza a nadie mientras meten el ataúd en el panteón, entre las sombras, protegido por lápidas y estatuas. Su padre lo mira con pena y asco desde su silla de ruedas, sujeta por su esposa. Todos, los ciento veinte hombres y mujeres agolpados en la Sacramental de San Justo, frente al panteón familiar, piensan en las circunstancias de la muerte y buscan a su alrededor, tras las tumbas más próximas, bajo los paraguas, por si el maestro ruso de equitación ha osado aparecer. Pero no lo hace, se quiere demasiado a sí mismo.

Sebastián, mientras el cura termina el responso, se adelanta y se sitúa solo frente a la tumba. Vence a la timidez y al miedo a que sus padres le critiquen. También al ridículo, porque intuye que los cien hombres y mujeres que lo rodean lo juzgan con dureza. ¿Qué hacía su mujer sola, practicando tales temeridades? Mira al frente, sintiéndose un héroe, y da un paso hacia delante, porque ha superado un fracaso y ahora debe hacer frente a una viudez y criar a dos hijos. Tras él, la lluvia y una multitud de hombres y mujeres vestidos de negro, entre el silencio y las lágrimas.

Como presagio de su futuro, los niños se quedarán solos con el servicio mientras el padre atiende a intelectuales y políticos. Serán sus abuelos los encargados de contarles, mediante cuentos de dioses, cielos y ángeles custodios, por qué no tienen madre. Sebastián nunca se habría atrevido.

Cuando los niños le preguntan, siempre idealiza a su madre y afirma que tenían un matrimonio maravilloso. Así quedará para el recuerdo familiar porque la memoria no siempre es la verdad —de hecho no lo es casi nunca—. Ángela y Jacobo nunca sabrán lo que hacía su madre con el jinete ruso, pero Sebastián sí y es el peor golpe de su vida. Porque a Blanca le han hecho la autopsia y en el informe aparecen restos de semen. Sólo Sebastián, además del equipo anatómico, lee el informe. Tiene que invitar a comer al forense y contarle que el semen es suyo, incidiendo en aquello que su compañero ni se ha planteado desvelar. El forense no le responde, queda callado frente a la lubina salvaje, preguntándose por qué le cuenta su colega algo tan privado. Sabe que no debe entrar en el tema, y no sólo por ética profesional, también porque Sebastián ha ascendido rápido en la jerarquía del hospital. Una vez que confirma el secreto, Sebastián va a los archivos y destruye el informe como si fuera un ladrón, rompiendo las hojas con ira. El forense lo sabe porque Sebastián deja el archivador abierto y las hojas rotas en la papelera, pero ni siquiera se enfada. Hay que elegir las batallas, se dirá a sí mismo mientras cierra el archivador.

Al día siguiente, cuando el cemento del nicho aún está fresco, toma una escopeta de caza y un cinturón de cartuchos, se viste con el uniforme verde de cazador —boina incluida— y acude al picadero en su propio coche —un Rover azul, a la vez sobrio y británico— sin refrenar la ira, ni pedir consejo al gurú, porque no quiere que nadie le modere. Incluso siente un profundo rencor hacia Tobías porque fue quien le recomendó a ese profesor. Además ni siquiera ha tenido el valor de pasar por el velatorio. Al mismo tiempo se plantea si se estará equivocando. ¿Y si fue el cura o un vecino de apellido doble quien se acostó con su mujer? También cuestiona la paternidad de sus hijos (el lunar, con forma de isla volcánica, lo rescata del pensamiento), pero concluye que todo da igual, porque Nicolaj morirá por las culpas propias y ajenas. ¿No creen tanto los rusos en el pecado y en su purificación? Pues ese hombre, ese esclavo, pagará por todos los delitos, propios y ajenos, piensa mientras conduce, agarrado al volante, mirando al frente, siguiendo un camino de arena y esquivando encinas, olivos y alcornoques. El cielo lentamente enrojece y mientras avanza por las encinas aparecen en su conciencia imágenes de la frente reventada de Nicolaj, de las balas atravesando su cabeza. Lo ve tirado sobre la cama, manchado de sangre.

Mientras tanto el maestro ruso duerme, sin pesadillas ni despertares, en el camastro que tiene junto a los útiles de montar. Abre los ojos cuando siente el cañón de una escopeta en el cuello. Tarda en reconocer a Sebastián, que quiere disparar, pero se revuelve y le suelta una patada en la cara. La escopeta salta por los aires, se pelean en el suelo y ninguno puede recuperarla. Pero el ruso ya ha peleado por su vida. Ha luchado en los suburbios de la ciudad contra pandilleros, fascistas y mafiosos de medio pelo. Ha visto demasiadas veces el brillo de las navajas. Además sus manos están acostumbradas a llevar bridas y cargar peso. Son más fuertes que las de Sebastián, tan precisas pero tan finas. Por eso puede derribarlo y, en un rápido movimiento, agarrar el rifle, como si estuvieran más en una película que en la realidad. Después le pisa la boca con su pie aún descalzo y le exige que le deje en paz.

—Si no quieres que medio Madrid sepa cómo gime tu mujer cuando se corre, qué murmura mientras me la chupa. Eso sería peor que matarte, a que sí, señor López de Lucena —le dice, forzando su acento eslavo. Después extrae un casete de un saco que esconde bajo la cama y se lo enseña—. ¿Quieres ser el primero que lo escuche? Mis abogados guardan otra copia, por si acaso.

Sebastián le pega un puñetazo, que no lo derriba pero le rompe el labio. Puede ver, antes de irse, un hilo de sangre cayendo por la boca del ruso. Se va sin mirar atrás, aunque con miedo a que le disparen por la espalda. Nicolaj no lo hará porque ha ganado la partida. Ha vencido en todo lo que se proponía. Se ha acostado con la dama y ha conseguido que su marido huya como los conejos de la dehesa. Mientras tanto, el caballo que pisoteó la cabeza, de quien surgió una furia asesina que ni siquiera el mejor de los veterinarios podía descifrar, come hierba en el picadero. Sacrificarlo es un lujo que su dueño no se puede permitir.

El adulterio no le importa, se dice a la mañana siguiente, mientras corta un pulmón con un bisturí eléctrico. O no le importa tanto. Hasta se esfuerza por entenderlo: Blanca se sentía tan presionada, tan agobiada por el fracaso del implante, por el rechazo del barrio, por todos los meses de sexo reproductivo, que podría entender el desahogo. Su parte racional desea pasar página, intenta tranquilizarse creyendo que esas cintas están vacías o llenas con canciones de Julio Iglesias. Muchos días, cuando se siente frustrado por el ascenso de un compañero, por la vejez o por una mujer que se le resiste, desea tomar la carretera con la escopeta al hombro y descerrajarle dos tiros al ruso. La ira aparece sobre todo cuando, por la noche, tumbado en la misma cama que compartió con Blanca, recuerda que fue engañado con un mozo de cuadra ruso, con alguien que nunca consideró un rival.

Una semana después del entierro recibe una llamada inesperada. Ocurre en su despacho, en su número directo, que sólo conocen su familia y el hospital. Descuelga creyendo que es su mujer, la única que conoce ese número, sin recordar que Blanca ha muerto. No reconoce la voz de Tobías, que le da el pésame y le pregunta cómo está. Siente rabia por ser incapaz de recriminarle la elección de la hípica y la recomendación del maestro. Al contrario, pese a la intensidad del rencor, le agradece la llamada y acepta sus consejos para sobrellevar el duelo. Al despedirse Tobías le pide que no se tome la justicia por su mano.

—Nicolaj es un desgraciado, un pobre hombre que sólo sabe montar a caballo. Olvídalo.

Sebastián no le responde. Se siente feliz. La petición le regala el poder que siempre ha deseado. Por fin es él quien puede hacer un favor a Tobías.

Sebastián se dedica al trabajo, la vida social y la tertulia política, a buscar sin pausa ese brillo que tanto cree merecer. Los hijos crecen sin madre y una quemadura se extiende por sus corazones. Y eso que cada noche su nanny les lee un cuento en la cama y les besa la frente. Ella es su alivio y su referencia pero no evita el fuego. La casa se convierte en un salón de charla y de conspiración política, donde se reúnen los intelectuales más relevantes de la época. Son célebres sus meriendas del jueves, que se alargan hasta la madrugada porque, gracias a un contacto en la aduana, consigue whisky escocés de marcas singulares, imposibles de catar para cualquier español. Logra que acudir los jueves a su casa, tirarse en su sofá con un puro habano, también traído de contrabando, y conspirar con un vaso bajo lleno de whisky con hielo, sea una prueba de éxito y trasgresión. Los niños irán creciendo y observarán con cansancio, y sin ninguna admiración, a su padre y a sus amigos, sabiendo e ignorando que pronto serán sus protectores quienes harán que su vida sea mucho más fácil. Conseguirán que las barreras sociales no existan para ellos, sobre todo para Jacobo, que sabrá tratar con el bien y con el mal, con la luz y con la sombra, con la riqueza y con la pobreza. Los poderosos se sentirán cómodos a su lado, como si lo conocieran de toda la vida, y por eso, aunque odie a ratos a su padre, siempre estará en deuda con él. Ángela también poseerá ese don, pero hará todo lo posible para borrarlo, aunque le quede la marca, como le ocurre a quien se quita un tatuaje. Encerrada en su habitación, a oscuras, insomne, mirando con ira las rendijas de la persiana, escuchará el eco de los monólogos sucesivos, de las carcajadas y sólo podrá dormir cuando esa gente, a quien considera intrusos, abandone su casa.

A veces aparece Tobías en las tertulias. Siempre viste igual, con un traje gris, demasiado grueso para verano y demasiado fino para invierno, y una camisa blanca con botones en el cuello, sin corbata. Da impresión de desnudez pero le recuerda a aquellos días en que sirvió a Dios y a su Iglesia. Se retira pronto, tomando nota de lo más destacado de las conversaciones, de aquello que indique cambios en el régimen, de los adulterios y las adicciones, de las depresiones y las caídas en desgracia, de todo lo que pueda servirle en su consulta y la delicada gestión de su cada vez más cuantioso patrimonio.

Gracias a su profesionalidad, y a su conocimiento de las entrañas del cuerpo humano, Sebastián se convierte en un médico destacado, aunque sin ningún interés en la innovación, sólo en el tratamiento de las enfermedades pulmonares. Ni siquiera lee las revistas médicas y, cuando las hojea, en el departamento científico del hospital, en el escaso espacio destinado a la investigación, siente dolor en el centro de su herida. Poco a poco surgen términos nuevos que ignora, convirtiendo las materias conocidas en incomprensibles. El genio que pudo haber sido queda almacenado en la memoria, como si perteneciera a otra persona, con una vida distinta a la suya, un sueño que murió hace tanto tiempo que sólo los más queridos lo recuerdan.

No puede evitar sentirse culpable por la coz. A veces cree que Dios se vengó por su soberbia en el implante, por retarle como si fuera un héroe griego. Parece no darse cuenta de que está cayendo en una soberbia aún mayor: pretender que Dios puede matar a sus pacientes por él, que sus pecados tienen tal importancia que escapa de su vacío celestial para aniquilar a sus enfermos.

Sebastián sobre todo es reputado por su profunda humanidad con el paciente. Como también hizo su padre, permanece junto a la cama de los agonizantes y nunca les deja cuando se encuentran al borde de la muerte. Muchos han partido con su única compañía cuando el cáncer de pulmón, la fibrosis o una neumonía salvaje han acabado con ellos. Suelen ser hombres, entre cincuenta y setenta años, que han fumado durante décadas, han vivido entre humo negro en fábricas o minas o, simplemente, nacieron con los genes equivocados. Hombres que agonizan con dignidad, sin lágrimas, y sólo desean el bienestar de sus familias, que sus viudas y sus hijos gestionen bien su herencia, puedan ir a la universidad, casarse y vivir en una casa decente. Algunos hablan con él antes del último aliento, incluso escriben sus últimos deseos. Tiene una colección de cuadernos en su despacho, titulada *La colección de los agonizantes*, donde conserva las últimas voluntades, escritas normalmente con trazo tembloroso, aunque algunos tengan una letra extrañamente firme. A veces las relee, siente orgullo de haberlos acompañado y recuerda la tibieza de la piel, los últimos suspiros y la belleza de la despedida. Le encanta que las familias lo adoren, que cuando piensen en la muerte de su padre lo recuerden y se sientan reconfortados. Por supuesto, redobla sus atenciones cuando son familias influyentes en cualquier ámbito, sea económico, político o cultural. Y, por supuesto, no les pide nada a cambio porque sabe que la huella de su presencia en el momento más duro de sus vidas es tan importante que cualquier favor será concedido. La tentación de participar en el viaje, de tomar el cuello de los enfermos entre sus manos y apretarlo hasta que dejen de respirar continúa, pero nunca se ha dejado llevar.

Recuerda, con especial intensidad el velatorio de un consejero de Fenosa, muerto de cáncer de pulmón. Su viuda, de sesenta años, hija de una familia de la alta sociedad sevillana, le llevó a un rincón del velatorio y mantuvo durante demasiado tiempo el abrazo. Entre lágrimas, mocos y sobeteos le pidió que no la abandonara, porque nunca había estado tan sola. También se atrevió a besarlo en la boca, dejando la intensidad de su perfume en la chaqueta.

—Doctor, no se haga el tonto. Los dos estábamos esperando este momento.

Tuvo que airear la chaqueta durante toda una noche para que volviera a su olor a tabaco habitual. Pese a su necesidad de trato humano, nunca quiere compartir tiempo con sus hijos, ni darles cariño. Ellos se preguntarán durante toda su vida, sobre todo Ángela, por qué no brindó ese apoyo a los suyos, por qué siempre buscó el amor fuera de su familia, por qué fueron los extraños quienes estuvieron en el centro de su corazón —parecían ignorar que el reconocimiento de los otros siempre llena las heridas. Cuando proviene de los lugares más codiciados, su valor se duplica y se convierte en una piedra preciosa—.

La madre era la única fuente de afecto y aceptación de los niños. La única para quien eran los primeros y defendía, sin duda alguna, que el amor en una familia está al margen del éxito o el fracaso. Sebastián no la recuerda con agrado, ni como mujer ni como esposa. Su presencia le resultaba agotadora, por mucho que su aristocracia le sirviera como consuelo e incentivo. Le planteaba una exigencia continua de estatus, dinero y reconocimiento, sin la recompensa del sexo.

Aunque sea un hombre joven, no volverá a casarse. Tampoco a tener una pareja estable. El matrimonio era un trámite. Ha cumplido con la sociedad y prefiere que lo consideren un viudo inconsolable. Es cortejado por muchas, pero no cede. Sale con ellas para divertirse y con alguna se acuesta, pero poco más. Incluso aparece en una lista de solteros de oro, publicada por ¡Hola!, y se rumorea sobre una relación con la hija de los duques de Medinaceli, a quien nunca ha conocido. Aunque desde dentro no se vea, nunca dejará de ser un criado de los poderosos. Por fortuna para él y para su familia, de temerario pasa a ser considerado un innovador, porque unos investigadores americanos han retomado su idea. Tanto es así que han fabricado una réplica de la prótesis azul y trabajan a fondo en mejorarla. Incluso le han pedido que participe, pero Sebastián ha renunciado. Tendría que repasar lo olvidado, recordar el fracaso, la represalia, su boda, la esperanza y el ridículo y, sobre todo, a Blanca, que sabía lo que iba a ocurrir.

Lo que más le gusta es sentarse en el salón, conspirar con sus amigos y que, por supuesto, no le molesten los niños ni las mujeres. El cortejo le agota, no puede permitirse una negativa, ni más compromisos que los imprescindibles, aunque sabe que sus hijos adorarían tener una nueva madre. Además, en las calles donde ha transcurrido toda su vida hace tiempo que olvidaron su fracaso y hoy es considerado una especie de santo, que guarda entre algodones el recuerdo de su esposa, un señor de verdad que se niega a engañarla aunque esté muerta y cuida con desvelo de sus hijos. Se acuesta con las mujeres que siguen a sus amigos frívolos y poderosos. También con las que encuentra en los corrales flamencos y los pubs con aire británico que frecuenta.

Prefiere a las turistas, con quienes nunca volverá a encontrarse cuando abandonen su dormitorio.

Ángela y Jacobo son matriculados en el Colegio Minerva, una institución progresista y laica, emplazada en un chalet de la pujante zona norte. Es una casa grande, con tejado de pizarra y aires suizos. Los niños corren por los pasillos con la misma libertad que por su propia casa. Les ayudan a creer que toda su vida será un sueño, con su parte de pesadilla, pero siempre amortiguada por billetes y apellidos. La decisión la tomó Blanca antes de morir. No quería que fueran a una escuela rancia, franquista, que no enseñara nada sobre el mundo que les rodea, sino a una institución joven, moderna, que los preparara para vivir fuera de España, en un lugar donde hubiera libertad y los hombres respetaran a las mujeres. Sebastián siguió su criterio, aunque podría haberlo negado sin reproche alguno, porque su auténtico anhelo respecto de sus hijos, ese que ni siquiera Tobías había borrado, resurgió cuando vio la perfección de su segundo vástago. Ese deseo no era otro que criar a un hijo que ganase el Nobel, el único premio que merece ese nombre. Y nada mejor que una educación internacional para dar los primeros pasos.

Entre sus compañeros en el Minerva, destacan hijos de financieros, aristócratas, profesionales y políticos del lado liberal, más bien democristiano, del régimen. La competición por ser uno de los primeros de la promoción o destacar en los deportes es salvaje. Cada amanecer, llueva, nieve o arda, sean niños o niñas, salen a correr a la calle, todos con la misma camiseta blanca con el logo del colegio, orgullosos de su fuerza. En el área humanística se pretende inculcar la libertad y el respeto, la tolerancia y la necesidad de comprender la cultura, mirar hacia Europa y cuidar de los más necesitados. Por supuesto, el pobre, el diferente o el excluido son figuras lejanas, a quienes se defiende por inercia, más para sentirse moralmente superiores que por verdadera empatía. Llegan a visitar un poblado chabolista del sur de la ciudad, guiados por el mismísimo padre Llanos, que no sólo ejerce de sacerdote allí, también se preocupa de que puedan comer. Los niños no se separan de él y lo miran con ojos asombrados. No terminan de creer que aquel lugar esté tan cerca de su casa, en su propia ciudad. Ven techos de lata, paredes de cartón, estructuras débiles que pueden ser arrastradas por el viento más leve y niños que, como ellos, aguardan en las puertas de sus casas, si puerta se podía llamar a ese hueco protegido por una cortina de rayas o blanca, llena de mugre. Juegan al fútbol con una pelota de trapo, no pelean, apenas se mueven, sólo se la pasan, como ralentizados por el hambre. Las mujeres, mientras, lavan la ropa y contemplan el transcurso del tiempo sentadas en la puerta de sus casas, protegiendo a los suyos de una amenaza que no saben si existe. Los hombres han salido a recoger chatarra o cartón, a trabajar en lo que pueden. Algunos, pocos, están en los bares de los barrios más cercanos, pegados a la barra, bebiendo tragos de coñac y anís.

También en el Minerva el flojo es aplastado, como dicta el instinto de los niños. Parece una pulsión antigua, inseparable del ser humano, que no puede ser domada. Se aprovechan de los más débiles, acorralándolos en el patio como si fueran una manada de lobos frente a un cordero, dándole collejas, alternando la amistad y la crueldad, buscando que el sumiso esté siempre enganchado a los deseos del fuerte. Quienes caen en el juego están acostumbrados a ese sistema: son amados y ofendidos, elogiados e insultados, sin otro criterio que el capricho. Viven en alerta permanente, ignorando cuándo llegará el golpe y buscando, como ratones en una jaula, las claves del enganche. El débil se siente orgulloso de pertenecer al grupo del fuerte, aunque sea el bufón, y la humillación le acompañe cuando menos lo espere. Son las reglas de la alerta continua: que el castigo surja cuando lo desee el líder, sin criterio alguno, y el sosiego de la víctima sea la excepción en un continuo de dolor.

Ángela es obediente, fiel y fracasa por sistema. Añora el hogar que no tiene, unos padres que la obliguen a estudiar, besen su mejilla cada noche y la amen sin siquiera plantearse que lo hacen. Pero también adora a su familia y no tiene otra opción que cumplir con su veredicto. Los hijos siempre obedecen a sus padres y Ángela lo hace con dedicación, creyéndose vaga, tonta e inútil, suspendiendo todos los exámenes, peleando con sus compañeras sin asomo de paz, cayendo al suelo de granito del patio, manchándose con el agua helada de los charcos, raspándose la palma de la mano y rompiendo la falda de franela hasta la sangre. En el colegio, Ángela paga todos los platos rotos. Le hacen el pasillo, la llaman cabezona y le dicen que es la más fea. Nunca ningún chico le pedirá salir.

—Júntate con las guapas de clase, que algo te caerá —le pide su padre, mientras desayunan tostadas un domingo cualquiera.

—Naciste con la cabeza apepinada, aún se te nota la curva, pero vas mejorando —dice su hermano en la parada de la ruta, bajo un leve aguacero.

Le gusta ser una niña pero no puede permitirse la belleza, como sí hacen sus compañeras, que pasan horas peinándose, maquillándose y hablando de chicos. Estudia, mejor dicho, se detiene frente a los libros durante horas, recorriendo siempre las mismas líneas, pero sin leerlas, porque para que las palabras traspasen la frontera de los ojos es necesario que dentro

del cerebro haya cierta paz, cierto sosiego, cierto orden. A
veces, por la noche, se acerca a la mesa pequeña del salón. Allí
contempla la foto en blanco y negro de su madre, rodeada de
flores, llora con lágrimas lentas, cierra los ojos y la abraza en
sueños. ¿Dónde has ido, mamá? ¿Por qué no cuidas de mí?
Ya en la cama imagina, en pensamientos que enlazan con los
sueños, que su madre regresa al hogar, que nunca ha ocurrido
la caída del caballo, que sólo tuvo un pequeño revolcón cuyo
único rastro fue una quemadura en la muñeca que comenta
con fastidio durante la cena. Sueña también que dejó poco
después la hípica y, en ese mismo ensueño, ve cómo pasan
los años y su madre envejece, convirtiéndose en una señora
de media melena gris, con la espalda siempre erguida, que
la enseña a peinarse, a maquillarse y a elegir con acierto la
ropa. También a amar la naturaleza y a distinguir la calidad
en el arte. Pero cuando despierta, a la mañana siguiente, debe
enfrentarse a la cruel verdad. Su madre ha muerto y nunca
llegará a la vejez.

Sebastián les da las sobras de su tiempo y algún sábado
o domingo los acompaña al parque. Cree que soluciona el
fracaso de su primogénita con broncas o regañinas, apoyando
a los profesores cuando critican con aspereza el desánimo de
Ángela, cuando incluso le sueltan alguna colleja, nunca bofetadas porque van a un colegio que está en contra del castigo
físico. Se ve obligado a sacarla de clase de gimnasia porque
siempre falla, nunca termina las vueltas al patio. Tampoco
aguanta en gimnasia rítmica. Las piruetas, las cintas, mantener la posición en el salto, nada de eso está hecho para ella.
Siempre termina la clase sentada en la pista junto al entrenador, mirando el equilibrio de sus compañeras. Por supuesto,
Sebastián no se siente responsable. Lo bueno siempre es responsabilidad suya pero lo malo no. Ángela no tiene fuerza
para negar la evidencia y empieza a rechazar lo que define su

reflejo, aunque tenga un cabello brillante, una nariz respingona y unos ojos redondos, grandes. Lo único que distorsiona su belleza es un acné salvaje, que llena su cara de costras y pus. Una tarde de noviembre, mientras en la ciudad anochece y llueve sin descanso, Ángela charla con su padre. La conversación ocurre en el salón, porque el padre nunca entra a las habitaciones de los hijos, espacio reservado para la criada, las mujeres y los niños. Entre ellos apenas hay conversaciones espontáneas, Sebastián siempre las evita. Ha sido Ángela quien se ha dirigido a él, en esa habitación con persianas siempre a medio bajar y en eterna sombra. La luz desgastaría las antigüedades, los viejos sofás, la manta de lana, los cuadros oscuros de familias ajenas y propias, los cientos de libros antiguos nunca leídos y quién sabe si pegados para siempre. Esa casa, distinta a la primera de la familia, pero también idéntica, que no han abandonado nunca. Ángela quiere que Sebastián la ayude, como ayuda a los enfermos del hospital, y así se lo pide. Su padre le responde sin levantar la vista del ensayo sobre la estructura económica de España y su decadencia que está subrayando.

—No será para tanto porque es muy buen colegio, allí nada malo puede ocurrir. En las clases te preparan para vivir y para sufrir, y quien es débil allí lo será durante toda su vida. Mira, Ángela, si no aguantas las bromas del colegio, ¿cómo soportarás las novatadas de la universidad? Porque vas a ir a la universidad, ¿no? ¿O vas a defraudar a tu madre, que fue médica cuando era mucho más difícil para una mujer? —le pregunta soltándole una colleja—. Anda, zopenca, vete a estudiar.

Ángela se encierra entonces en su habitación, enciende el flexo que ilumina una estancia aún más oscura, porque su única ventana, más bien ventanuco, da a un patio interior e intenta estudiar matemáticas, pero no puede descifrar los signos, convertidos en un amasijo ilegible, y regresa el miedo, el estupor, el hastío, y sobre todo la necesidad de cumplir con el dictado paterno: si tu padre te ordena que eres una quejica, lo eres. Sin duda. Nadie, ni siquiera el más fuerte, puede negarse a tal mandato. Se pregunta por qué su padre no es como los demás, por qué no adora a su hija como si fuera una princesa, por qué prefiere a Jacobo, al que mima como si fuera de cristal. Sin embargo, en su conciencia comienza la rebeldía. Ha empezado a leer poesía, que saca de la biblioteca del colegio. Encuentra en los versos a jóvenes tan atormentadas como ella, que miran el mundo con sus mismos ojos y sufren por el dolor ajeno, lo cause la mirada de un chico pálido o la muerte de una libélula en las orillas de un lago noruego. Halla consuelo en los versos de Rimbaud, de Plath o de Pizarnik. Le gusta sobre todo la argentina, por su claridad y su desesperanza. Repite sus versos de memoria, durante todo el día, esté en el colegio o en su silla de estudio o en su cama: *El viento y la lluvia me borraron, como a un fuego, como a un poema escrito en un muro*. A veces piensa en comprar una ouija o hacerla con recortes de periódico, e invocar al espíritu de su madre, pero le aterra que los espíritus del mal aprovechen el atajo, la posean y una noche, sin siquiera quererlo, tome un cuchillo de cocina, se acerque al dormitorio de su padre y, sigilosa, le corte el cuello.

Jacobo no la apoya porque han sido criados para defenderse solos. El amor puro de su madre lo habría evitado, pero ella no está y no suele acudir a su altar. Es fuerte desde pequeño y destaca en los deportes, sobre todo en baloncesto, poco practicado en España. Desde la adolescencia sabe driblar, pasar, encestar sin miedo al contrario. Las adolescentes lo contemplan desde el borde de la pista entusiasmadas, febriles, gritando como animadoras americanas a quienes sólo faltan los pompones. Lo ven como un hombre duro, capaz de enfrentarse a cualquiera. Su hermana también lo mira, tras sus gafas de metal y sus gruesos cristales, incapaz de sentir envidia, bloqueada, dolida. A ella sólo se acercan los guapos para burlarse de sus granos, que a veces dejan manchas de sangre en su camisa blanca. Lo que se graba durante la infancia sólo puede conocerse, asumirse, nunca curarse. Son marcas a cuchillo sobre la piel, que apenas descienden durante la vejez, cuando el paso del tiempo las amortigua.

Jacobo aparece como alumno destacado en la revista que, en blanco y negro y atrevidos dibujos en color, publica el colegio cada trimestre. Cuando dedica un artículo a los españoles que ganaron el Premio Nobel, lo termina afirmando que tal vez algún estudiante del colegio lo gane. Jacobo cree, con total certeza, que lo han escrito por él y se lo enseña a su padre, buscando ese reconocimiento que tanto precisa. Sebastián le acaricia la coronilla.

—Buena meta, hijo, es el mejor de los propósitos.

El premio está grabado en su corazón y Sebastián no puede librarse del afán, que primero fue de su padre, después suyo y ahora hereda Jacobo. No puede hacerlo aunque incluso Tobías, a quien sigue considerando su gurú, lo sitúe entre la sorpresa y la vergüenza. La ausencia de desafíos lleva muchos días al aburrimiento a Jacobo. Como a su padre y a su abuelo, le gusta contemplar la muerte, aunque nunca lo hayan comentado. Por eso captura a pequeños animales y los asfixia en frascos de cristal. Empieza con moscas, pero pronto pasa a pequeños vertebrados, como lagartijas o ratones de laboratorio. No se siente orgulloso de su hábito, aunque tampoco le dé mayor importancia y siempre se deshaga de los restos en papeleras públicas.

Jacobo no se compadece de Ángela cuando está sola en el patio o cuando la acosan. No participa en los ataques, pero tampoco la defiende. Más bien se aleja, camina hacia el extremo más lejano de la explanada, tras las pistas de baloncesto, junto a la puerta de salida, donde los más rebeldes suelen fumar a escondidas. La falta de amor ha quemado su corazón. Sabe que es importante, como lo son las matemáticas o la geopolítica, pero no lo siente. Si lo hiciera, si pudiera amar, vencería el temor a que le asociaran con Ángela, pero sentiría miedo a caer en la misma soledad y el mismo desprecio. Su hermana le asquea cuando la ve tirada sobre el suelo sucio, cuando contempla cómo le sueltan collejas, cómo la insultan y no huye, ni siquiera se enfrenta. También le sorprende que siga a quien la maltrata, buscando la aprobación y el cariño que le otorgan por un instante sólo para que se acerque y poder torturarla aún más. Tampoco entiende que lea esos poemas estúpidos, los memorice y no haga lo mismo con las matemáticas. A veces desea que cambie, pero la mayor parte del tiempo quiere que muera o que, al menos, cambie de colegio y de apellido y nadie la vincule con él.

Consigue cierto alivio cuando dejan de coincidir a la salida y no comparten el autobús que los conduce hasta el centro de la ciudad. No lo hacen porque Jacobo se ha apuntado a baloncesto y tiene entrenamiento cada día, después de clase. Es un buen base que distribuye juego con habilidad y nunca acepta una derrota, por muy clara que parezca. Jacobo ha llegado a negar que Ángela sea su hermana. Afirma que es su prima, que por eso comparten apellido y pide que la dejen en paz. En un alarde de crueldad, suplica a Ángela que acepte su condición, que si lo ama, si quiere a sus padres y a su familia, niegue su vínculo. Porque alguno tiene que brillar en el colegio y ella ha tenido la desgracia de ser infeliz y fea, porque la tuvieron que sacar del vientre de su madre con fórceps.

—No fue culpa mía, Ángela. Lo siento por ti, pero tengo que hacer mi vida.

Ángela está a punto de aceptarlo, pero una última brizna de orgullo lo impide. Se repite los versos de su ídolo, la argentina suicida: *Alejandra, Alejandra, debajo estoy yo, Alejandra*. No puede ceder: se lo debe a su madre, a esa mujer irónica, sonriente, con pómulos marcados que le aconseja en sueños. Desde entonces siempre que ve a Jacobo en el patio se dirige a él como hermano, remarcando el parentesco, provocando su fuga y su vergüenza. Cuando se siente mal por hacerlo, se justifica: tal vez esté loca, pero contiene el único resto de humanidad de su familia.

Jacobo es el primero en deportes —corre a las 8 de la mañana, todos los días, con los mismos pantalones cortos, llueva o nieve— y en matemáticas, historia y lengua, el primero también con las chicas, que le dejan notas en el pupitre, con sonrisas y versos, y le acompañan a casa, con la carpeta sobre el pecho y el jersey en la cintura. Algunas le envían corazones, dibujados con rotulador rosa, y Jacobo las trata con ironía, sin darles importancia, lo que incentiva aún más el amor. Incluso la hija de un abogado del Estado y una marquesa se obsesiona con él y escribe durante años su nombre. Lo marca a cuchillo en los árboles y lo escribe en las listas de la compra, junto al pan de molde y las manzanas *Jacobo, Jacobo, Jacobo, Jacobo,* en largas líneas, con idéntica caligrafía. Pronto Jacobo es el encargado de dar el aguinaldo a los criados, con el beneplácito de su padre, feliz porque al fin haya un auténtico hombre en su familia. Cuando trata con el servicio, hasta con la señora que sustituye a su madre y lo cuida con devoción maternal, lo hace con despotismo y falsa cordialidad, con plena conciencia de su condición. Además, está entrenado en el optimismo, en hallar la ventaja oculta de cada persona, por muy miserable que le parezca. Por ejemplo, sabe que el esfuerzo por sacar adelante a Ángela, esa rara, con el pelo cortado a tajos, camisetas negras, lecturas incomprensibles, rechazada por todos y que, a su vez, rechaza a quien se le acerca, puede beneficiarlo frente a muchas chicas. Les enternece que, algún día excepcional, él se siente a su lado en la ruta y le pregunte por sus continuos suspensos. A veces sueña que es coronado con oro y diamantes, adorado sin descanso. A su lado, atándole los cordones de los zapatos, sigue Ángela. Siempre a su vera, fiel y sumisa.

Sebastián puede estar días sin hablar con su hija, sin motivo alguno. Pasa a su lado, por las estanterías de la biblioteca, la cocina o la despensa. A veces comparten sofá y la trata como si fuera un mueble más. Ni siquiera como a una criada, cuya presencia le cohíbe y no le permite meterse el dedo en la nariz o soltar un taco. No sólo le irrita su debilidad, también la provoca porque es el contenedor de su odio. A veces, por la noche, mientras intenta dormir en su cama vacía, después de demasiado whisky, llega una ráfaga de culpa. Piensa que tal vez podría tratar mejor a su primogénita, aunque apenas fuese por un minuto, por el azar de haber salido antes del útero que compartió con su hermano, pero nunca llega a reconocer ni su culpa ni la causa de su desprecio: desde que vio la cabeza abombada decidió que esa hija no podía ser suya. La fealdad no era compatible con su vida. Su familia había luchado a muerte por el éxito y el prestigio y, sin duda, lo conseguirían, cayera quien cayera. Menos mal que es una niña, piensa, siempre puede refugiarse en las labores. Por supuesto, finge, sobre todo para sí mismo, que la ama como hija suya que es y se pregunta qué podría hacer para que tuviera una vida decente, incluso para que se casara con un hombre que no la engañara. Aunque tal vez nunca lo encuentre y la tenga siempre a su lado. Además, si saliera de su esfera de influencia, de su radiación, su ira no tendría un lugar donde desahogarse.

Un día de invierno, bajo un sol helado y un cielo demasiado azul, Jacobo se aproxima a Ángela, que se dispone a tomar la ruta que la llevará hasta casa. Son autobuses antiguos, con ventanas gruesas, siempre sucias y asientos de eskay rotos.

Muestran una gomaespuma amarilla que aman arrancar. Sobre sus espaldas cargan dos mochilas. La de Ángela aún es infantil, tiene el dibujo de Banner y Flappy, unas ardillas que protagonizan los dibujos de la tarde. No la ha cambiado por pereza, aunque sabe que debería hacerlo. Su padre nunca escatima gastos. La de Jacobo, sin embargo, es de cuero marrón, con bolsillos a los lados. Podría llevarla un hippy de San Francisco con vaqueros de campana y camisa de flores. Le alegra y le sorprende que su hermano quiera acompañarla. Lo recibe con una sonrisa abierta. Siempre que se le acerca cree que ha llegado la paz y, por un momento, se siente apoyada, querida. Pero pronto regresa el miedo y después la certeza: la piedad no existe en su familia. A Ángela siempre le gusta sentarse cerca del conductor porque así evita que la insulten. Sin embargo, esta vez la acompaña su hermano. Lo primero que escucha de Jacobo es lo mismo de siempre: no puede permitir que lo confundan con ella. Debe dejar de una vez de hablarle en el patio. Ángela escucha voces en su interior que piden que mande a la mierda a su hermano, incluso que le suelte un guantazo, pero no lo hace. Se limita a asentir y a repetirse los versos de Pizarnik: *Sé del miedo cuando digo mi nombre. Es el miedo, el miedo con sombrero negro.* Pero Jacobo continúa, insiste en que su padre tiene razón, en que si no mejora va a hundir el nombre de la familia. También le pregunta si no cree que la cambiaron en la incubadora. No parece su hermana. Parece una adoptada de un barrio perdido, una menesterosa sin honor ni coraje. Debe dejar, de una vez, de comportarse como una niña. Ángela se harta y, frente al conductor del autobús, le grita. Quiere que la respete como a la hermana suya que es. Jacobo la mira atónito, perplejo, como si hubiera visto a un fantasma, como si el grito fuera una señal más de la locura de su hermana, pero Ángela no para, sube el volumen proclamando que toda la familia es *una puta estafa.* El conductor se gira y se dirige directamente a ella, con voz clara:

—Como vuelvas a montar bronca te vas andando a casa.

Ángela se encierra en su habitación con el retrato de su madre, rodeado por un cerco de flores secas. Las últimas flores frescas fueron arrojadas a la basura por su padre. Dijo que le daban alergia. A nadie le importan salvo a ella, que duerme con el retrato, vive con él. Es lo único que la consuela. A veces, por la mañana, cuando se dirige al colegio y pasa por la puerta de la floristería siente la tentación, pero nunca se atreve a comprarlas. Teme las burlas y, sobre todo, la tristeza que sentiría si su padre las tirara.

Pronto se asientan en el núcleo duro de la adolescencia, pero la constelación no se ha alterado. Jacobo sigue siendo el ídolo de su familia y del colegio, admirado por los amigos de su padre, por los vecinos, por las niñas que estrenan sus primeros sujetadores, que se marcan tras las blusas blancas del uniforme. Ángela también lo hace, ayudada por la criada, que es quien los elige. Nunca deja de temer que a la sombra del sujetador bajo la blusa blanca se una la mancha de sangre o pus de los granos. Sigue siendo la segundona que no para de suspender y sólo consigue pasar de curso gracias a la ayuda de dos profesores del colegio, que se ganan un sobresueldo repitiendo sus clases, machacándolas como papilla hasta que el cerebro de Ángela engulle lo que le suministran. Nunca supera el aprobado, pero es mejor para la familia que siga en la mediocridad, que no supere los límites marcados porque así destacarán ellos y así, también, dispondrán siempre, cada hora y cada día, de un saco de boxeo donde soltar sus golpes. Además, piensa Sebastián sin culpa alguna, si fracasa se quedará a su lado, cuidándole como una buena hija. Los profesores particulares no son tan jóvenes, bordean la mediana edad y llevan gafas de pasta.

Ambos son hombres, felicitan a Sebastián por su espléndida biblioteca e intentan conversar con él sobre los incunables más valiosos. Sebastián sólo les atiende cuando le comentan su deseo de que los alumnos visiten la casa.

—Es usted un ejemplo de dedicación a la cultura, entre tantos padres sólo interesados por la caza y el trapicheo.

A Sebastián le extraña ese último comentario. Siempre había creído que al colegio sólo asistían padres apasionados por la cultura, sobre todo por la cultura literaria pero, por supuesto, se pone a su disposición. Está a punto de invitarlos a un whisky de su reserva personal, pero pronto toma conciencia de que se encuentra ante dos simples profesores, vestidos con pantalones de tergal y jersey con pelotillas, que no están a la altura de la casa. Se limitan a cumplir una doble función: moderar la vergüenza que causa el fracaso de una López de Lucena y evidenciar que la familia apoya a uno de los suyos, a esa oveja negra consumida por la vaguería. Así cierran mejor el círculo, porque la culpa hará que Ángela se sienta en deuda para siempre. Jacobo comprueba, además, que se puede aprobar pagando, que no es tan difícil disfrutar de la vida y que todo el mundo, incluso el más impoluto y más respetuoso con la ley, tiene un precio. En el caso de los profesores del colegio es bastante bajo. Esa misma tarde, harto de que todo sea tan fácil y tan mediocre, compra un pequeño canario en una tienda de mascotas, escucha con una sonrisa consejos sobre su cuidado y alimentación, y lo asfixia con un frasco vacío de menestra.

Ángela nunca sabe cuándo van a llegar el dolor y el desprecio. Recibe los golpes con indiferencia, sin defensa, soñando que escapa a un lugar distinto, donde es amada y cuidada, ignorando que ni siquiera ese lugar le servirá. También intentará negar la verdad, afirmar que el auténtico amor proviene de los golpes, que el castigo continuo es otra forma de respeto, pero su auténtica voz nunca callará. Mientras tanto Jacobo triunfa en clase. Así se lo ordenó su padre: vence, por encima de quien sea. Por el contrario, Ángela debe fracasar, ser el saco que guarda la ira, justa o injusta, de la familia —todos seguimos las órdenes de nuestros padres, digan lo que digan. Es posible la desobediencia, pero pagando su precio, a veces tan alto como la propia vida, porque el desobediente no suele buscar su beneficio sino negar su dolor—. Además, como Ángela suele estar acostumbrada al castigo, se deja golpear sin mayores problemas, incluso regresa al lugar de los golpes buscando una disculpa que casi nunca ocurre. Se limitan a fingir que la aceptan para volver a golpearla. Para callar la pena el mejor método es, desde hace miles de años, la borrachera. Cada viernes y sábado regresa a casa ebria. Sale con rockers de Cuatro Vientos que además se ríen de ella, la soban, la humillan. Lo único que no permite, nunca, es que la besen. Los rechaza a golpes, arañando, respondiendo con bofetadas a cualquier gesto de afecto. Como ellos, viste una cazadora de cuero negra. La suya, que acaba manchada de cubatas de garrafa y basura, es la única que viene de Londres. También lleva faldas de amplio vuelo y melena peinada con laca que combina con esas camisetas negras que no se quita nunca. Se maquilla hasta la extenuación, buscando que las cremas, el polvo, el lápiz de labios y el rímel cubran un rostro que odia. Parece una actriz de kabuki, una máscara. Por supuesto, se siente culpable por su dinero, compadece la pobreza de sus amigos y quiere ayudarlos, sea como sea. Les paga todas las copas sin recibir jamás ni un agradecimiento por ello, sólo insultos y burlas —quien da sin exigir nada a cambio está condenado—.

Ha conocido a los rockers por la hija del portero quien, aunque se afirme amiga de Ángela, siente hacia ella un profundo rencor. No en vano, en casa del portero visten con la ropa que les dan cada Navidad los López de Lucena. Algunas noches Ángela reconoce sus camisetas viejas sobre otros cuerpos y otras espaldas. Nunca lo ha comentado, ni como broma ni mucho menos como reivindicación. Cada vez que la pisan y consiguen que les pague la borrachera están saldando la humillación de su familia. Poco antes de los exámenes, cuando todos sus compañeros se han encerrado a estudiar, se derrumba en mitad de una discoteca, luxándose la muñeca. No será siquiera vendada, pero la hinchazón le dolerá durante meses. Es un árbol torcido, como le dice tantas veces su padre.

Cuando llega a la cama, siempre que la borrachera se lo permite, lee su viejo poemario de Pizarnik: *explicar con palabras de este mundo que partió de mí un barco llevándome.* Si no se endereza pronto —le asegura algunas mañanas de resaca su voz interior—, su vida será un ir y volver por los rincones más oscuros porque, aunque crea que la conoce, no sabe nada de la madurez, donde la dureza de los macarras juveniles, que tanto valora, sólo es propia de perdedores. Ella, además, es mujer. Puede quedarse embarazada de un desgraciado, echando a perder el esfuerzo de tantas generaciones por depurar el árbol.

La decisión no es fácil para Sebastián, pero el futuro de Jacobo lo exige: Ángela cursará bachillerato en otro colegio, el San Cristóbal. Está especializado en alumnos complicados de familias solventes, aunque no tengan demasiada intención de reformarlos, sólo de mantenerlos aislados y regalarles el certificado escolar. En consecuencia, los aprueban tras exámenes sin vigilancia ni apenas temario, siempre que no incendien una papelera, peguen a un profesor o se ausenten, sin justificación, a todas las clases. Ángela ni siquiera se despide de sus compañeras del Minerva. No hay ninguna especial, con ninguna se juraría amistad eterna ni juntaría su sangre. Sólo deja de ir un día cualquiera y, conteniendo el llanto, se sube en el autobús, camino de su casa, ese hogar tan pacífico como las trincheras de la Primera Guerra Mundial. La dirección del colegio siente alivio, no tanto por el destino de Ángela, que ya dan por perdido, sino por el de su hermano. No tendrá que cargar con ese fardo en el colegio, ni entre las amistades que le acompañarán durante el resto de su vida. Ni siquiera se encontrarán en el recreo. Jacobo seguirá siendo uno de los alumnos más apreciados, tanto por su inteligencia como por su preocupación por sus compañeros. Pasado un mes nadie se acuerda de la apestada. Su padre ya puede comentar las pocas veces que acude a buscar a Jacobo, con su habitual ironía, que su único hijo ganará el Premio Nobel.

Al colegio de Ángela acuden los hijos proscritos de las mejores familias, aquellos que no pueden dejar las drogas, que han atropellado a alguien en una borrachera, que no aprueban ni una, que se cortan con cuchillas de afeitar, aquellos que no han encajado ni encajarán nunca. Sus padres buscan, sobre todo, que corra el tiempo. Fuman en la calle y beben en los bancos. Algunos son skins, pero la mayoría visten con la misma desgana que define sus vidas. También allí puede Ángela emborracharse y caer en el barro, ser insultada y humillada, porque resiste al maltrato más que nadie, tiene una fidelidad enfermiza a los suyos y siempre ansía ser amada, reconocida por quien la castiga. Siempre levanta la cabeza desde el suelo, con la lejana esperanza de que esa vez sea besada. Y a veces lo es, pero entonces ella desprecia, con sarcasmo y golpes, a quien muestra el menor cariño. Sin embargo, allí no encuentra la crueldad de sus compañeros más privilegiados, pese a que la busque. Hay, incluso, cierta hermandad entre los expulsados. La misma mano que la arroja al suelo la ayuda a levantarse. Nunca entenderá por qué los supuestos malos, los condenados, aprovechan menos su debilidad. Jacobo, mientras tanto, cursa el bachillerato más internacional de España, el único que incluye asignaturas como inglés y la naciente informática. Los ordenadores empiezan a almacenar conductas, por entonces sólo las desviadas, y patrimonio, por entonces sólo el declarado. Es considerado con unanimidad un niño prodigio.

Ángela toma el autobús cada amanecer, o de noche durante el invierno, a veces resbalando sobre el hielo, no como su hermano, que siempre llega hasta la parada pisando con firmeza. Sus rutas salen con diez minutos de diferencia, pero a veces se encuentran en la parada. Jacobo va con uniforme y Ángela no, aunque apenas cambie de ropa. Suele llevar unos vaqueros anchos, que no marquen sus formas, y un jersey de lana dado de sí. A veces se pone sombra de ojos negra y maquillaje pálido, pero suele ir con la cara lavada y el pelo revuelto, cortado por ella misma a hachazos, evitando siempre el espejo. Ha empezado a reservar la máscara para los fines de semana. Apenas se hablan, sólo cuando a Jacobo le interesa que le escriba una redacción o que lea una de las novelas del programa y se la resuma. Por misteriosos motivos Ángela escribe y lee con más fluidez que su hermano. Ha encontrado consuelo en la poesía y a veces escribe versos donde coexisten plantas venenosas, jóvenes que se cortan las venas y planetas lejanos. Con frecuencia siente la tentación de controlar su angustia, de dominarla con pequeños cortes sobre la piel, pero la resiste. Teme que las heridas sean la puerta que el diablo utilice para entrar en su cuerpo, un demonio que le obligaría a actos horrendos como degollar a su padre en mitad de la madrugada. Nada teme más que matarlo.

Como no debe cumplir con los deseos de nadie, Ángela apenas estudia y siempre aprueba con notable, como todos sus compañeros. La exigencia y la competencia apenas existen. A fin de curso ni siquiera la acosan. La rodea la indiferencia. A veces echa de menos al antiguo colegio porque siempre se idealiza el horror. Quiere recordar un trato brusco, masculino, donde sólo hubo violencia, pero también amor. Por eso a veces le pregunta a su hermano si puede salir con sus amigos del colegio. Jacobo le responde, con mínimas variaciones, que lo harán la próxima vez. Le apena la soledad de su hermana, pero también siente la ligereza de quien se ha librado de un lastre.

Es domingo por la noche, el momento más melancólico de la semana. Los seguidores de Tobías se han encerrado en una iglesia del barrio de Salamanca. Está decorada con frescos que quieren ser bizantinos y aún conserva las flores de la última boda. La escasa luz proviene de velas, cuyos claroscuros llenan de belleza e inquietud a unas pinturas demasiado planas. No tiene calefacción y por las rendijas de las puertas cerradas, los huecos de las vidrieras y los poros de la piedra entra el frío. Los seguidores están dispersos por los bancos, sin máscaras ni parafernalia, vestidos con traje oscuro. La corbata es demandada por Tobías como un gesto de seriedad y respeto ante lo trascendente. Todos son hombres que pasan de los cincuenta y mantienen un silencio absoluto frente a las palabras, pronunciadas con fuerza pero sin llegar al grito, por un hombre en los límites de la vejez. Tobías, desde el altar, vestido como un intelectual francés, con jersey negro de cuello vuelto, gafas metálicas y el pelo blanco, encrespado, se dirige a su público.

—Rasputín decía que sólo quien peca se acerca a Dios. ¿Alguien puede negarlo? Se le vincula con conspiraciones y asesinatos, pero fue un auténtico místico, que descubrió un nuevo camino hacia el Señor —afirma mirando al Cristo, sin leer, consciente del poder hipnótico de sus palabras. El claroscuro realza el contorno de sus manos, como si fuera un auténtico predicador—. Fue también un santo, que curó a cientos de enfermos con el poder del arrepentimiento. Había descubierto que Dios ama a los pecadores y se atrevió a decirlo. En realidad, no inventó nada, lo afirman los Evangelios: habrá más gozo en el cielo por un pecador que se arrepiente, que por noventa y nueve justos que no necesitan de arrepentimiento. Quienes, al contrario, se mantienen en la templanza pueden vivir seguros, tranquilos en su comedimiento, pero sin brillo, sin auténtica fe ni la cercanía del Altísimo. Pecar es llenar de alegría a Dios, porque sólo los endemoniados se mantienen firmes en lo cometido. La inmensa mayoría se arrepiente y con ese acto sublime rozan su piel, besan su boca sagrada —termina, sin fatiga aparente, retando en silencio a los feligreses, que meditan con la cabeza gacha, atónitos y asustados ante los gritos.

Sebastián asiente desde su banco, en la última fila, preguntándose si acaba de escuchar una genialidad o una estupidez. Tras la muerte de Blanca odió a Tobías e imaginó su prisión, su escarnio, incluso su muerte, pero la soledad, como le ocurre a Ángela con su antiguo colegio, reconstruye los recuerdos, los atenúa y nos reconcilia con lo que, en tiempos, con razón o sin ella, hemos detestado. Sabía que no le faltaban motivos para el rencor: Tobías no sólo había recomendado la equitación, también al maestro. Sin embargo, Sebastián no podía seguir odiando a un hombre que tanto le había ayudado. Debía llamarlo, mantener el contacto con quien, además, conocía a todo Madrid. A Tobías no le sorprendió y lo trató con su cariño habitual. Le propuso, aprovechando su instinto comercial, que se acercara a las reuniones que mantenía con su comunidad los domingos por la noche, donde trataban de acercarse a la verdad.

—Lo necesitas, amigo. Dios te espera.

Sebastián tomó la invitación como la disculpa que el gurú nunca había pronunciado y aceptó. Las reuniones suponen la culminación del éxito de Tobías. Durante años se han acercado hasta su casa de la sierra decenas de hombres, buscando el descanso nunca hallado y alejar sus demonios, los causaran culpas o vergüenzas. Tobías ha comprobado que, cuando se unen, los hombres encuentran semejantes, gentes con quienes mantener un diálogo sincero y con códigos comunes. Empezó en una parroquia de la periferia, pero pronto se le quedó pequeña. La fama de su culto se extendió, un hombre llamaba a otro, y quien probaba no podía abandonarlo. Para la ampliación escogió una iglesia a la altura de sus adeptos. Los frescos bizantinos son mediocres, pero la oscuridad los convierte en auténticos.

Tobías apenas ha envejecido desde el primer encuentro, en su casa de la sierra. Hasta parece más joven porque su cabello está mejor cortado, ha perdido peso, no tiene calvas ni canas, su espalda se mantiene recta y hay más paz en su mirada. Ha conseguido todos sus propósitos y el éxito siempre rejuvenece. También lo hace su jersey negro de cuello alto y sus pantalones vaqueros, que no le quedan demasiado anchos, como a tantos hombres de su edad. Tal vez la causa de su excelente forma sean los tónicos para la piel rusos y los cientos de largos que nada en la piscina de su casa cada amanecer, haga frío o calor, recordando aquellos días de Moscú. Acudía cada semana al lago helado del monasterio de Novodivici, rompía el hielo con una sierra y se hundía en sus aguas gélidas, viendo a lo lejos, entre el cieno y los objetos oxidados del fondo, peces grandes, deformes, que lo miraban con indiferencia, tal vez sin siquiera verlo. Se ha convertido en un orador más que solvente que utiliza gestos contundentes y eleva el tono con dramatismo teatral.

Sebastián está sorprendido y consigue creer, no sin esfuerzo, que ha llegado a un sitio esencial y que la renuncia al rencor ha sido un auténtico acto de amor a su esposa muerta, a sus hijos y a sí mismo. Y así parece reconocerlo Tobías cuando lo llama en primer lugar.

—Este hombre ha sufrido más que vosotros. Ya sabréis la causa, aunque muchos ya conocéis a nuestro querido Sebastián López de Lucena.

El aludido nota, tras escuchar las palabras de Tobías, que llega el alivio, la conciencia plena del acierto. Porque nada ama más que ser distinguido por el dueño del poder.

—Este hombre —continúa Tobías— ha perdido a la mujer de su vida. El amor y el esfuerzo que demuestra viniendo aquí le serán recompensados. Cuéntanos, querido Sebastián, cuál es tu sueño para tu familia y tu país. Te sobra capacidad para hacer algo importante.

—Quiero ayudar al mundo y que se me reconozca. Tengo mucho que aportar —responde Sebastián, de una manera casi automática, sorprendiéndose a sí mismo por su fluidez.

—¿Y cómo quieres cumplir con tu propósito? —le pregunta.

—Soy un gran médico, quiero mejorar las vidas de los más necesitados y hacerlo con entusiasmo, con la devoción que sólo se consigue con el arrepentimiento.

De repente, surge una ovación desde las últimas filas que no rompe la sacralidad del acto, más bien la eleva hasta el éxtasis.

—Te aplauden por tu bondad, porque, aunque no lo quieras creer, eres una buena persona. Piensa, sólo para ti, con qué pecado quieres acompañar tu propósito —dice Tobías, dándole un abrazo que recalca aún más su distinción.

—Lo haré, gracias por volver a acogerme. Y gracias, también, por no juzgarme.

—El juicio, amigo Sebastián, no es de mi incumbencia. Sólo Dios puede hacerlo porque es el único que conoce el bien y el mal, la luz y la sombra. Ahora, que vengan los demás a expresar sus deseos, con amor y libertad —se despide de Sebastián al pie del altar, con un abrazo y dos palmadas en la espalda.

Sebastián se desplaza hasta la última fila y desde allí ve cómo los demás se acercan hasta el altar. Allí reverencian a Tobías y pronuncian una sola frase, nítida y corta, que contiene el bien que pretenden. Lo hacen a ritmo perfecto, sin alterar los tiempos. Sebastián los observa desde su banco y por un momento —antes de negarlo porque no puede aceptar que todo sea una pantomima— ve una coreografía antigua, casi ridícula, donde viejos caballeros con traje negro rinden pleitesía a un ídolo falso. También sabe, mientras sigue viendo cómo los hombres se suceden en el altar, que debe olvidar su rencor. Quien se entrega a una causa debe hacerlo sin reservas. A algunos compañeros los conoce de vista. La mayoría pertenecen a los negocios y la política. Es gente que tal vez ha estado alguna vez en su salón, de quienes le separan pocas calles y un par de vínculos.

Unos quieren que su despacho crezca, otros que su matrimonio se enderece, también los hay que desean la curación de enfermedades, sobre todo de cánceres, que ya se han convertido en las peores dolencias. Alguno, con voz baja, desea ligar con una mujer más joven y se excusa en su profundo amor. Tobías no los interrumpe en ningún caso. Los escucha con aparente atención, manteniendo un rictus firme, sin asentir ni negar, sabiendo que las peticiones no las recibe él, sino el Cristo sufriente y bizantino que tiene detrás. Cuando terminan, desciende lentamente del altar y se mezcla entre sus pupilos. Poco a poco los murmullos crecen. De repente, sin que nadie lo haya anunciado, aparece un sacerdote con barba, lo que es extraño para tiempos tan afeitados, y comienza la Santa Misa en latín. Todos la siguen. Sebastián también lo hace, aunque le canse su duración y se pregunte por qué no puede ser más corta. Nadie comulga porque todos están preparándose para el pecado y son conscientes de ello. Sólo cuando se arrepientan podrán recibir el cuerpo de Cristo. Así lo afirma el sacerdote cuando está levantando el cáliz, bajo la misma luz escasa y tenebrosa que ha habido durante el resto de la ceremonia. A la salida, entre la brisa que recorre la calle solitaria, un monaguillo entrega un sobre alargado a cada uno de los asistentes. Contiene el formulario para domiciliar el pago. La cuantía es libre, pero se recomienda que no baje de las diez mil pesetas mensuales. Al fin y al cabo, es un club exclusivo.

Cuando regresa a su casa y Sebastián ve la foto de su mujer rodeada de flores secas —que sólo su hija pequeña, la inútil de la familia, cambia de vez en cuando— siente de nuevo odio contra Tobías. No puede aceptar su sentimiento y vuelve a decirse que no fue culpa suya, que sólo recomendó a un entrenador, que no era responsable de sus actos. De hecho, Nicolaj nunca fue amigo suyo. Siempre fue su empleado. Pero ¿y su propia respuesta? Tal vez si volviera a intentarlo, mejor preparado, podría matarlo. No hay mayor pecado que el asesinato. Así comprobaría si las tesis de Tobías son ciertas o las falacias que su mente científica le asegura. Sin embargo, no actúa, y no se detiene por culpa ni por miedo, sólo por prudencia. Teme demasiado a la investigación. Alguna señora ofendida, enamorada en secreto de los ojos azules de Nicolaj, podría quejarse a su marido y llamaría la atención de la policía. También le asustan las cintas, con los gemidos de la pobre Blanca, aunque esté convencido de su inexistencia. Es momento de alejarse, actuar con templanza y mantener silencio.

V

PERSEVERANCIA

∞

Celebran el medio siglo de Sebastián solos en el salón de casa, frente a una tarta capuchina, regalada por Jacobo y comprada en la mejor pastelería del barrio. Recuerda que a su padre le gustaba ese sabor a yema tostada, que tan bien combina con el whisky. La celebración durará poco. El resto del día Sebastián lo pasará en el trabajo y, mediada la tarde, con su amante favorita en una habitación del Palace. Es hija de un cirujano cardiaco, una niña bien que se lía con los padres de sus amigas. No cobra, pero acepta encantada cualquier regalo o cualquier sobre. A Sebastián le gusta reírse de su compañero en silencio, decirle con la mirada que se está acostando con su hija. Sabe que el secreto nunca será desvelado. Existe entre ellos una especie de equilibrio nuclear: si ella habla, él también lo hará. Ambos quedarán mal, pero su pecado está peor visto. Él, al fin y al cabo, es un viudo solitario que debe aliviar su soledad donde pueda. Ella quedaría manchada para el resto de su vida. Su estigma sería tan imborrable como el extraño lunar que Sebastián tiene en la espalda. Prueba la indiferencia de Sebastián que la invite a cenar esa misma noche en un restaurante alemán, frecuentado por nazis ancianos y parejas acaudaladas que buscan los mejores platos de caza. Lleva años yendo. No le importa que lo vean con ella o, mejor dicho, sí le importa, pero le apena más la soledad y su miedo a los vínculos. Sólo se sintió a salvo de ese terror con Blanca. Sabía que una conexión profunda con ella era imposible. Por un instante, mientras mira a la joven en penumbra y saborean el apfelstrudel, toma conciencia de que podría ser su hija. Llega a verla frente a él, junto al pichón asado, con su camiseta negra, su pelo revuelto y sus ojos enormes De inmediato ahuyenta el pensamiento, como si fuera un monstruo.

La interna nunca se quita el uniforme. Sebastián lo exige. Cree que ayuda a que sus hijos se instalen, de una vez por todas, en la clase alta madrileña. Para celebrar el cumpleaños de Sebastián ha comprado unas mediasnoches. Poca cosa. Por un momento parece que hay armonía, pese a la ausencia de la madre, pero es sólo lo visible. La calma aparente de Ángela se debe a su resaca. También a que ha sido admitida en una escuela de poesía. La maestra, una argentina con gato, cabello largo y túnicas de cachemir, alaba sus versos de rosas, veneno y muerte, donde aparece, con extraña frecuencia, un padre degollado. El aprecio del grupo hace que lentamente abandone la compañía de los rockers y que la cazadora de cuero apenas salga del armario. Hace semanas que no cambia las flores que rodean a su madre. No sólo se debe a la indiferencia de su padre. Aunque no se atreva a expresarlo está decepcionada con ella. Desea, incluso demanda, que la ayude desde el más allá a valerse por sí misma, a ser reconocida por su padre y deseada por los hombres. Quiere hablarle sobre el odio a todos y a todo que a veces la posee. No soporta su silencio. Sigue pensando en acudir a médiums que contacten con ella mediante una tabla ouija, pero el pánico a la posesión, a que los espíritus activen sus deseos más ocultos, sigue evitándolo. Jacobo, sin embargo, está en plena forma, feliz, con el pelo mojado, recién salido de la ducha y dispuesto a salir a cenar. Ha sido admitido en la facultad de Medicina, donde su padre es recordado como un pionero, un tanto imprudente pero imprescindible. Podrá lucir su apellido compuesto con orgullo.

La breve fiesta de cumpleaños se acerca a su desenlace. Ha durado menos que un café de media mañana en una gestoría. La tarta y las mediasnoches regresan con un par de pellizcos a la nevera, de donde las sacará la criada para dárselas de desayuno a sus hijos cuando estén a punto de pudrirse. Tras los breves recuerdos familiares y el repaso a los logros académicos de Jacobo (han tenido el detalle de dejar la mediocridad de Ángela al margen) llega el silencio. Todos saben que deben levantarse pero, de repente, Jacobo les pide que esperen. Corre por el estrecho pasillo, dominado por la biblioteca acristalada, idéntica a la que hubo en casa de sus abuelos, y llega hasta su dormitorio. Allí abre el armario y, entre las chaquetas y los botes de cristal que sigue usando para asfixiar a pequeños animales, extrae una caja alargada, color verde oscuro, con un gran lazo rojo. Regresa enseguida al salón, entusiasmado, lo que es extraño en un joven con tanto temple. Sin abandonar la alegría se la entrega a su padre quien, tras desenvolverla, halla un sobre alargado, que contiene un documento. Sebastián se extraña porque esperaba otra corbata o unos zapatos. Sin embargo, encuentra el borrador de una escritura notarial que aún debe ser ratificada.

—Con esto devolverás a la sociedad lo que la sociedad te ha dado y serás reconocido por tu grandeza.

—Gracias, hijo, pero no sé cómo puede ayudarme tanto la escritura de una asociación.

—No es sólo una escritura. Son los estatutos de una ONG, una organización creada para que todos los niños del mundo tengan vacunas. Ahí demostrarás tu talento para la gestión y para juntar las voluntades de los mejores, como llevas haciendo tantos años en el salón. La sociedad necesita hombres como tú, que unan a la izquierda y a la derecha, a la política y a la empresa. Ángela ha participado tanto como yo —dice Jacobo, en el único acto de amor a su hermana que recuerda. Posee doble mérito porque ella comentó cuánto le gustaría a su padre tener una ONG pero quería regalarle, como siempre, una corbata.

Ángela ha escuchado a su hermano con aparente atención y fuerza una sonrisa mientras se pregunta a qué grandeza se refiere. Piensa, sin atreverse a pronunciarlo, que son los tres, ella incluida, unos mamarrachos, unos súbditos de tercera de la auténtica élite. Sólo se permite un sarcasmo.

—A ver si te dan el Premio Nobel que mereces.

Sebastián no capta la ironía y se emociona, casi hasta las lágrimas, repitiendo las palabras de su hija mayor. Por fin, piensa, he conseguido el reconocimiento en mi propia familia. También, en silencio da las gracias a Dios, a Tobías, a todos los que le escucharon en la iglesia bizantina. Tal vez sin ellos, piensa, no habría existido este primer paso, tal vez lo dicho en sagrado llegó, por caminos ajenos a la lógica, hasta la conciencia de los suyos.

—Gracias, hijos, por ver en mí lo que tantas veces se me ha negado. Gracias también por creer que todavía puedo ayudar a esta sociedad. He hecho todo lo que he podido por España, que es lo más importante para mí, junto con vosotros.

Ángela siente cómo se nubla su conciencia, la ansiedad ciega la mirada, y los labios se crispan al margen de sus deseos, mientras lágrimas, que no son de dolor sino de rabia, llegan hasta sus ojos.

Sebastián va al notario el segundo día laborable. No acude el primero porque debe modificar la escritura para que Jacobo sea su apoderado con plenos poderes, tantos como el fundador. No se plantea el nombramiento de Ángela ni ella lo pide. La poesía acapara sus días y sus noches. Para la firma Sebastián lleva uno de sus mejores trajes y una corbata burdeos. Jacobo viste una chaqueta azul, camisa blanca y el cabello despeinado con mimo, como si fuera un rebelde parisino. La sala de firmas de la notaría tiene porte palaciego, con molduras de escayola coronadas con estrellas y volutas. Frente a la mesa central hay un lienzo del notario con su padre. Al verlo Sebastián piensa que ellos también son una saga y pronto tendrán su propio óleo. Cuando Jacobo firma, con su pluma Mont Blanc de laca y platino, siente tanto orgullo por su hijo que está a punto de llorar. Sí, ha llegado el momento de hacer el bien. El notario, elegido porque es democristiano y ha asistido a las tertulias del jueves, los abraza, rompiendo el protocolo. Un fotógrafo de bodas, contratado por Jacobo, inmortaliza el momento. Ángela sólo verá la escritura esa misma noche, sobre la mesa del salón, cuando regrese de su borrachera habitual. No la abrirá porque siente un profundo asco que la lleva a vomitar en el cuarto de baño.

Como sede de la ONG eligen un pequeño despacho, situado en un centro de negocios del barrio de Salamanca, a cien metros de la calle Serrano, junto a boutiques de lujo, abogados mercantiles y pisos de viudas. Ángela ha estado a punto de quejarse, pero ha preferido callarse. Nadie la tiene en cuenta, no tiene por qué implicarse. Además, no termina de decidir si desea o no la ruina de la familia. No deja de ser también la suya y a veces sueña con abrir una pequeña editorial que publique sus poemas y los de su maestra argentina. La pequeña sala está presidida por una ampliación de la fotografía que se tomaron padre e hijo el día de la firma.

En veinte metros cuadrados, con un ventanal doble de cara a Serrano, deben organizarse Jacobo, Sebastián y una secretaria. Es la hermana menor de la enfermera que le ayudó en el implante. Pasa las horas ordenando el mismo archivo de siempre, tomando café y llamando a los contactos del padre. No hay horas muertas, pero sí inútiles. Jacobo sabe que su hermana tiene razón, es un dispendio demencial, pero sabe también que debe callarse porque el fin de la asociación no es otro que la felicidad de su padre. Es tal la importancia que concede al proyecto que ha pedido reducción de jornada en el hospital, frente a la perplejidad de sus compañeros. Si quiere pagar a una secretaria para que esté mano sobre mano, que lo haga. Lo importante no es cómo nos vemos sino cómo nos ven. Por eso, cuando llegan visitas la secretaria finge su impotencia frente a un aluvión de llamadas. Son de Telefónica, Repsol, Cepsa, Iberdrola, La Casa Real o Médicos del Mundo. Parece que la empresa, la sociedad y la política de España se interesan por ellos. Las llamadas las realiza el propio Jacobo desde la calle, con su móvil Motorola. Es su imaginación la que crea cada día la lista, pronunciada frente a la visita por la secretaria. No ha sido idea de Sebastián, proviene de su propia iniciativa. Se le ocurrió meditando, como si fuera un koan tibetano, sobre el lema de su padre: lo importante no es cómo nos vemos sino cómo nos ven. Un lunes cualquiera el padre entra en el despacho, se acerca al hijo y le comenta algo mientras posa la mano en su hombro.

—Hijo, tú ganarás el Premio, no yo. Eres el elegido.

—No, papá, lo ganarás tú. Siempre has sido el mejor. Yo sólo puedo aspirar a ayudarte —dice en uno de los pocos asomos de ironía que se le recuerdan.

—Que no te extrañe. Gracias a tu regalo estoy volviendo a la vida, ¿sabes? A ser alguien y, quién sabe, tal vez dentro de unos años se reconozca mi trabajo con el premio de los premios. Aunque mira, por mi edad y mi amor a España, tal vez me sirva el Príncipe de Asturias.

A Jacobo le duele que no mencione a su hermana, que fue quien tuvo la idea. A veces, sólo a veces, se pregunta si no deberían haber tratado mejor a Ángela, pero su creencia ciega en la ley del más fuerte siempre se impone. Sigue asfixiando a lagartijas y pájaros y siente la tentación de saltar hasta los gatitos, que ve tan solos, tan peludos, en el escaparate de una tienda de mascotas. Sólo lo evita el miedo a ser descubierto por el servicio.

—Claro que sí, papá. Hay muchos premios Nobel que nadie recuerda —dice mientras abre los apuntes de anatomía, dispuesto a subrayarlos mientras su padre, sentado en su mesa del despacho, sigue hablando.

—No merezco el Premio sólo por este proyecto, tan modesto. También por el implante. Aquello fue un auténtico logro de la ciencia que abrió puertas a todo lo que se está consiguiendo ahora. Sin embargo, nadie me recordará. No tengo ni una miserable entrada en la enciclopedia Espasa. Por eso eres tan importante, Jacobo. Porque tú también serás médico y redimirás todas las ofensas que ha recibido tu familia.

—Nunca has dejado de ser el mejor. Hay cientos, miles de españoles que lo saben.

Deja los apuntes sobre la mesa y lo abraza. Le extraña su propia madurez y le entristece que sea él quien cuide de su padre y no al contrario.

—Qué pena que tu hermana no piense lo mismo y no esté aquí con nosotros, aunque si estuviera lo estropearía todo. Qué poco aguante tiene esa chica, con lo bien que le vendría meterse en beneficencia. Podría vestirse de gala en las fiestas y encontrar por fin un novio decente.

—No lo sabemos, papá. Tal vez haya que darle una oportunidad —comenta Jacobo, mientras valora la gratitud eterna que su hermana sentirá hacia él si la redime después de haberla hundido.

—Mira, ya veremos. Si quiere, que se acerque, vemos sus intenciones y decidimos. Esta es una apuesta seria, no podemos permitir que se pringuen sus amigotes. Ahora se ha hecho poeta y se junta con una argentina. En fin, peor que la hija del portero no puede ser —dice Sebastián mientras estira su camisa blanca y su corbata de seda, y pone los brazos en jarra—. Cualquier día viene con un descamisado y nos cuenta que es su novio. Con todo lo que he hecho por ella. Porque vuestra madre fue una gran mujer, no me cabe duda, pero quien os ha sacado adelante he sido yo.

—Por supuesto, papá. Por eso tiene sentido esta ONG o como se llame, para que todo el mundo sepa que eres el mejor.

Y vuelven a sus mesas, con la presencia muda de la secretaria, que sólo se permite una sonrisa y ni una sola palabra.

—Hijo, necesitamos dinero, y para eso sí que sirvo. Hoy como con amigos en un reservado. Veremos con cuánto vuelvo.

Y entonces la secretaria sí habla, para decir «los viejos roqueros nunca mueren» y los tres ríen, rotundamente felices.

El restaurante pertenece a otra época, cuando las paredes blancas representaban casi una ofensa. Por eso está forrado con auténtica madera, nada de conglomerados. Es rojiza, parecida al cerezo, cubierta a su vez por cuadros británicos, de caza y de caballos. Hay también fotografías de visitantes ilustres, entre los que destacan el joven rey y sus hijos. Todos los comensales convocados al almuerzo visten chaquetas de sport, de espiga, algunas con coderas, con camisas blancas o de cuadros, sin corbata o con corbata de lana. Forman una composición casi perfecta. Suelen coincidir, durante la temporada de caza, en fincas inmensas en Toledo o Extremadura.

Allí disfrutan del aire del campo, desayunan al amanecer y se sienten auténticos hombres cuando, desde los puestos, abaten a un venado o a un jabalí. Algunos recuerdan que, en su juventud, mataron uno a cuchillo. Guardan cicatrices en el vientre y en las manos por su salvaje defensa. De eso hablan, evocados por los cuadros, donde aparecen realas de beagles rodeadas de cazadores a caballo, dispuestos a partir en busca del zorro. También conversan sobre las mejores fincas y los mejores momentos, sobre piezas increíbles, trofeos y taxidermia. Alguno, incluso, diseca él mismo sus piezas. Sebastián confía en ellos porque conoce su solvencia y la de sus empresas. Sin embargo, ignora o quiere ignorar que su fortuna personal ha sido diluida por la modernidad, las estructuras empresariales americanas y la eterna demanda de dividendos de los accionistas. Uno de ellos posee un despacho de abogados propio que lentamente se abre hueco en las adquisiciones y fusiones. Es el único que viste traje, con corbata de rayas azules y blancas, y también el único que no asiste con frecuencia a las cacerías. De hecho, no forma parte del grupo. Sólo es el abogado de uno de ellos. Muchos van a las reuniones de Tobías, también se han reconocido en las sombras de la iglesia y en las peticiones del altar, pero no tratan el tema fuera de la iglesia. No hay, siquiera, señales de complicidad. Sebastián se encarga de ordenar la comida. Es un restaurante especializado en caza, donde a veces pueden degustar incluso los perdigones, y casi todos escogen perdiz, corzo o liebre. Como toque castizo, piden de entrada unos platos de callos.

No hablan de la ONG hasta que Sebastián saca el tema a los postres. Si no lo hubiera hecho nadie habría hablado del asunto, aunque fuera el único motivo de la comida. Cuando Sebastián la convocó no tuvo en cuenta que el hijo y la hija de dos de los invitados se casaban en mayo y la boda absorbería la charla. En un par de meses volverán a verse, la mayoría con chaqué. Les incomoda la ONG porque los saca de su conversación de siempre y porque supone un riesgo y una implicación mayores de lo habitual. Hablan también de golf, de sus mujeres y de política —creen que Aznar debería bajar los impuestos, pero asumen que deba ir poco a poco, para no asustar a los socialistas—. También critican a sus mujeres, pero asumen que no pueden vivir sin ellas. Se ríen con grandes carcajadas, se toman del brazo y algunos entonan cánticos regionales o salves rocieras. A los postres toman café, algunos whisky, y Sebastián empieza a hablar. Todos han olvidado el propósito fundamental de la comida y debe llamarlos tres veces al orden para que se callen. Tiene que ser el marqués de Salvatierra quien les pida silencio, entre sus carcajadas habituales.

—Lo hemos recibido todo, desde la cuna hasta la lejana tumba —tampoco tan lejana y menos con comilonas como esta, le responden entre risas—. Millones de personas, de seres humanos como nosotros o nuestros hijos, no tienen acceso a las vacunas y mueren de enfermedades que podrían curarse. Eso tiene que cambiar.

Mientras habla, contempla cómo crecen los bostezos y las miradas al reloj. Sabe que si no calla saldrán en menos de diez minutos del restaurante. Algunos con el chófer que les espera en la entrada, después de haber comido un bocadillo apoyado en el capó. Otros se largarán en taxi y los menos conduciendo su propio coche. ¿A quién le interesa conducir cuando esos minutos pueden servir para algo? Sebastián termina rápido, con un sincero agradecimiento a quienes le acompañan en esa velada, tan importante como el día que recibió de sus hijos el borrador de la escritura. Conscientes de su emoción y de la gratuidad del reconocimiento, los doce asistentes le regalan una ovación cerrada. Entonces Sebastián llora por primera vez desde su niñez. Ni la muerte de su esposa, ni la rabia por la supervivencia de Nicolaj, ni siquiera el fracaso del implante le habían emocionado tanto. Llora con lágrimas lentas, más ruidosas de lo conveniente, pero nadie lo detecta porque siguen aplaudiendo. Siente que ha conseguido lo que quería y, por un momento, cree que sacarán las chequeras y la auténtica vida del proyecto comenzará. Sin embargo, el dinero no aparece. Tanto es así que Sebastián, al ver que se disponen a despedirse, les dice con sus mejores palabras que la fundación necesita la contribución de los más afortunados. Todos asienten, alguno afirma *por supuesto, cuenta con ello,* pero ninguno saca la chequera. El más veterano de todos, que también comparte banco con Sebastián en la secta, se atreve a afrontar el tema.

—Recomendaré a tu ONG en el consejo, pero no puedo decidir aquí y ahora. Los gastos están auditados, o más que auditados, amordazados. Si decido por mi cuenta, me echarán una bronca. Creo que mi situación es la de todos, Sebastián, la vida es ahora así. No podemos decidir porque nuestra familia creó la empresa, pero ya no es nuestra.

—Tiene razón —afirma otro—. Es indignante, pero la tiene. Todos necesitamos comentarlo antes con el consejo y que el gasto sea aprobado. Es lamentable que un propósito tan noble deba esperar a la decisión de unos burócratas, pero estamos atados de pies y manos.

Todos asienten. Por supuesto, influirán, pero los tiempos han cambiado. Es indignante, pero están atados. Se escucha incluso un golpe en la mesa que resalta el enfado.

—Es increíble que no mandemos en nuestros negocios, pero los tiempos son los tiempos. Ya no existen ni las pesetas.

Sebastián sospecha que en el fondo están complacidos. Siente la tentación de dividir la factura y que paguen a escote, pero no lo hace y surge una extraña ansiedad. Hablan sólo de la cuenta de su empresa, no de la suya personal. Nadie se plantea siquiera donar su propio dinero. El abogado, el único que viste traje y corbata, saca su chequera y aprovecha la oportunidad de su vida.

—Vosotros dependéis de un consejo, pero yo dependo de mí mismo. Voy a aprovechar mi suerte.

Escribe un número, grande para aquellos tiempos y para un compromiso tan leve: tres mil euros. Está ahí por casualidad, porque la comida ha llegado entre dos firmas de su cliente. Es un buen mercantilista, conoce la ley concursal mejor que nadie, gestiona con brillantez un despacho con cincuenta abogados y recuerda cada párrafo de las sentencias, pero no es hábil en sociedad. Al firmar el cheque no gana el beneplácito de los asistentes, sino su profundo desprecio, el mismo que consigue quien lleva la botella de vino más cara a una fiesta. Sebastián toma el cheque y le regala una sonrisa, pero conoce de sobra el código y no hace lo que el abogado está buscando. No habla de él como si fuera el más ejemplar de los hombres. No puede darle ese gusto porque, si lo hace, el abogado se sentirá reconocido y dejará de buscar su aprobación. La élite, una vez que ha tomado una presa, no la suelta. Sólo le sonríe y guarda el cheque. Su cliente, un viejo ingeniero, ministro con Franco y amigo del rey, dejará lentamente de contar con el abogado porque siendo un escriba, un empleado de lujo, ha intentado destacar por encima de él, dejándole en ridículo con su derroche. De hecho, regresarán a la oficina hablando del caso que les ocupa y, por supuesto, no será felicitado.

Sebastián se despide de sus amigos, uno a uno, en la puerta del restaurante, donde todavía pasan un cuarto de hora enredados en conversaciones triviales sobre golf, caza, fincas toledanas y el green impecable de uno de los nuevos campos de Marbella. Sebastián está convencido de que la comida ha sido un éxito. Pronto empezará a llegar el auténtico dinero. Llega a creer, mientras se despide con un abrazo de los últimos hombres, cuando detiene un taxi, que no han sacado la chequera para no alardear, porque les ha gustado tanto el proyecto que quieren comunicar en privado la cuantía de las donaciones. Desean que sean secretas y que tengan la misma confidencialidad que las reuniones de la congregación. En el mundo exclusivo de Sebastián todo debe atravesar rituales y protocolos que lo hagan especial, distinto, único, digno de unos pocos escogidos. Si no, aunque la cuantía a recibir sea la misma, incluso mayor, pierde interés. Así ha ocurrido con el joven abogado, que debía haber recibido una calurosa gratitud, llamadas ofreciéndole la defensa en todo tipo de litigios, incluso ser buscado o contratado para recaudar fondos entre jóvenes. Sin embargo, no tendrá nada porque el fin último no es el dinero sino el prestigio.

Durante la primera semana Sebastián considera normal el silencio. Sus amigos no quieren, se dice, que la donación esté vinculada con la invitación. Está tan seguro, o tiene tanto miedo al fracaso, que comenta con Jacobo las cuantías que espera. De Fermín, seis mil, de Alfredo, menos, siempre ha sido avaro, pero depende de si se entera de cuánto pondrá Federico, el más espléndido de todos. Incluso llega a hacer una confesión.

—Cuánto echo de menos a tu madre, ella habría sabido reunir a las esposas y me habría ayudado tanto a conseguir buenos donativos.

Es la primera vez que evidencia cuánto añora a su esposa. A su hijo le avergüenza que sea por dinero, no por amor, ni por cariño, ni por haberles dejado tan solos cuando tanto la necesitaban. Por una vez responde a su padre:

—Me apena que sólo te acuerdes de mamá por dinero.

—Hijo, lo siento, pero no es así. Aprende a mirarme mejor. Claro que me acuerdo de tu madre, por supuesto.

—¿Cuánto decías que iba a poner Federico? —pregunta Jacobo, cambiando rápidamente de tema.

—Seis mil euros por lo menos —responde el padre con orgullo.

Llega la segunda semana sin apenas noticias. Dos fundaciones y el gabinete de estudios de uno de los bancos han contactado con ellos y les han comentado, con casi perfecta simetría, que han recibido su solicitud de ayuda. Les han pedido los estatutos y una carta de presentación y les han indicado que su petición será evaluada por el comité correspondiente. Para el año en curso hay pocas posibilidades, pero para el siguiente son mayores. Sebastián está harto de tantas vueltas. No puede soportar que le traten como si fuera un mendigo. Llama a sus viejos amigos, a uno de los cuáles atendió durante una grave neumonía. Todos siguen un discurso milimetrado que finge indignación porque ellos, que fundaron sus empresas y las llevaron al esplendor dentro y fuera de España, no puedan disponer ni siquiera de un céntimo de su dinero. Harto, Sebastián les dice entre carcajadas, pero con total claridad, que podrían donar su propio dinero, su enorme patrimonio personal. Recibe, también, idéntica respuesta de todos.

—Qué más querría yo, querido Sebas, mi dinero está tan controlado como el de la empresa, o más, porque lo han bloqueado mi mujer y mis hijos.

—Claro, amigo, mucho peor —confirma lleno de ira, pero sin detener las carcajadas. Después de colgar revisa los papeles de la secretaria y es ella, como suele ocurrir, quien paga los platos rotos. Sebastián empieza a inquietarse, aunque no se lo diga a Jacobo. Los días y las semanas pasan sin respuestas. No hay negativas, pero tampoco realidades. Sólo cuenta con el dinero del abogado, que le servirá para pagar el sueldo de la secretaria durante cinco meses. También tiene su propio, y menguante, patrimonio. Los reciben en una fundación y en otra, en una multinacional y en otra. Acuden a viejos palacios, rehabilitados en las mejores zonas de la ciudad. Allí les ofrecen café camareras con cofia. Suele atenderlos una joven vestida con traje de chaqueta, con el cabello recogido o media melena, que escucha el proyecto y dice, de manera invariable, a veces con idénticas palabras, que hasta el año siguiente no hay nuevas opciones, pero que le parece una idea espléndida. Además, coincide con su planteamiento: las empresas deben devolver a la sociedad, como hacen en Estados Unidos, todo lo que toman de ella. Para evaluar la posible donación deben entregar documentación, planes de viabilidad y de contingencia, actas de titularidad y proyectos presentes y futuros. Cuando Sebastián pregunta por el fundador y proclama su amistad desde la juventud, siempre le comentan que no suele aparecer.

—La responsabilidad social es demasiado reciente y los accionistas aprietan mucho —constata una de esas jóvenes de espalda recta, media melena rubia, y labios levemente pintados.

Los ha recibido en la planta veinticinco de la Torre Picasso. Es un rascacielos ya veterano, pero todavía espectacular por su blanco absoluto y la esbeltez de sus líneas. La joven se llama Nuria Díaz de Henestrosa, es sobrina del fundador, la única que los besa en las mejillas y les concede eso que tanto añora Sebastián: sentirse distintos, especiales, mejor tratados que la mayoría. Nuria añade que es un pionero y debería probar fuera de España, tal vez en Estados Unidos. Aquí somos demasiado rancios, demasiado egoístas, afirma mientras una camarera se aproxima con café y pastas. Por supuesto, les pide la misma documentación que a todos. Pese a las nulas esperanzas, la simpatía de Nuria los consuela, mucho más que el frío cheque del abogado.

—A esa chica —dice Sebastián a su hijo en el taxi que les devuelve al centro de la ciudad— le ha encantado nuestro proyecto. La próxima vez que la veamos sabrá quiénes somos. Por fin alguien nos trata como merecemos. ¿Por qué no habré tenido una hija así?

Pese al fracaso, salen del taxi eufóricos. Por un rato, olvidan la tensión creada por el recuerdo de Ángela, convertida en una ausente más que en una presencia. Parece, a veces, que la primogénita no viva en la misma ciudad, que estudie fuera, en un país lejano, exiliada por una ofensa indefinida que nadie quiere recordar. Han olvidado que verán su rostro cansado y sus ojos vidriosos esa misma noche. Suben hasta el despacho en un ascensor con puertas de madera y alfombra. Encuentran a la secretaria mano sobre mano. Vuelve a organizar la agenda, compuesta por cuatro citas, e imprimen la documentación que Jacobo ha preparado, para enviarla inmediatamente a esa chica tan encantadora. Poco antes de la una la secretaria irá a la gestoría a llevar documentación y no volverá hasta el día siguiente. Sin embargo, Sebastián no se plantea prescindir de ella porque ha tenido asistente y despacho siempre. Se sentiría vacío, su vida carecería de sentido. Si un negocio no da para una secretaria que ordene los papeles y vaya a los recados, ¿qué tipo de negocio es? No todos tienen la delicadeza de Nuria, esa joven del barrio de Salamanca que sabe cómo tratar a un abuelo desde los trece años, cuando observó que todos los señores de cierta edad miraban con lujuria sus piernas.

Ante la falta de respuesta de Fermín Ariza, decide visitarlo en su despacho de Torre Europa. Es amigo desde hace décadas, frecuente visita en el salón y asiduo bebedor de whisky, a cuyo suegro trató de una neumonía galopante. Se trata de un rascacielos parecido al resto, con largas vigas de aluminio que se curvan en la azotea. La recepción tiene un techo alto, parece el atrio de una catedral, entre gótico y minimalista, solo alterado por las sillas de cuero marrón, nórdicas, grandes e incómodas, destinadas para sentarse cinco minutos y, sobre todo, para ser miradas. Atienden dos recepcionistas, vestidas con traje de chaqueta negro y blusa blanca, con discretos auriculares en las orejas.

La recepcionista llama a su amigo por el teléfono interno. Casi de inmediato le dice a Sebastián que don Fermín está reunido y que, por favor, la cita previa es imprescindible. Después sabrá que está jugando al golf con su sobrino. Sebastián no puede creerlo. Le pide a la recepcionista que insista, pero no lo hace, ni siquiera lo finge. Enfadado, le grita que ha salvado la vida a medio IBEX y que no sabe con quién está hablando. Mientras tanto Jacobo, avergonzado, habla con la segunda recepcionista y consigue que le reciba el director de la fundación. El joven, con pelo corto y revuelto, traje azul y corbata oscura, excéntrico y elegante, baja a recepción y se les acerca con una sonrisa seria. Antes de atenderlos ruega a Sebastián que no grite a su compañera, que ya está llorando, acompañada por las suyas. Ni siquiera los invita a subir y se sienta con ellos en las sillas danesas, frente a la indignación de la recepcionista que queda en el puesto. La otra está sola, en la zona de descanso, hablando con su madre, tomando una tila con hielo e insultando al viejo que le ha gritado. Sebastián intenta sonreír, comenta que esa chica ha perdido los nervios, que cómo tienen a gente tan joven para esos puestos, no le dirá nada a su amigo porque no quiere que la echen. El director de la fundación inmediatamente cambia de tema.

—Vuestra propuesta es muy interesante, pero comprended que no podamos saltarnos el proceso. Los presupuestos están limitados durante los cinco años siguientes.

Está ansioso por volver a su despacho y librarse de ese viejo, por mucho que hable de un presidente a quien sólo ha visto días sueltos vagando por la oficina, sin tener muy claro quién es. Sebastián vuelve a reventar y grita que operó el pulmón del fundador de esa empresa, el suegro del actual presidente, y le dio cuatro años de vida. Entonces el abogado les exige —con voz baja y tono seco— que se vayan. Es la segunda vez que grita y no quiere llamar a seguridad.

Sebastián toma la puerta y sale sin despedirse. Nunca se ha sentido más humillado. No puede permitir que ese niñato se ría de su edad, ni del esfuerzo, suyo y de su familia. Son gente bien, de Madrid, de toda la vida. Jacobo le sigue, con la cabeza hundida entre los hombros, más preocupado por cómo afectará la bronca a su reputación que por ser expulsado. Su única esperanza es que el director de la fundación, que ni siquiera le ha ofrecido la mano en la despedida, no le haya vinculado con la familia. Desde el taxi de vuelta, con la ventanilla bajada para que entre el aire y se enfríe la ira, Sebastián llama a su amigo. Le responde, según sus propias palabras, a punto de embocar el hoyo 7.

—Fermín, amigo. Siento llamarte así, de repente, porque para estas cosas hay que respirar y esperar, pero debes saber cómo me han tratado en tu negocio.

—Comentamos el asunto en otro momento, Sebastián. No sé qué ha pasado pero comparto y comprendo tu indignación, eso sí. Un abrazo enorme.

Cuelga sin esperar la despedida del otro. Sebastián respira hondo, ya a la altura de la casa familiar y, mientras desciende del taxi, asegura a Jacobo que ese empleado recibirá una buena regañina. Fermín no va a permitir que se maltrate a uno de sus mejores amigos.

—No me cabe ninguna duda —responde su hijo.

Sin embargo, la respuesta a la llamada no llega, ni ese día ni al siguiente. El hijo de Fermín sí ha hablado con Jacobo, evitando el furor antiguo de Sebastián. Le ha dicho que la recepcionista ha reclamado al comité sindical por los daños morales sufridos, que tal vez se tome una baja por depresión y no descarta una denuncia. Su padre también gritó al director de la fundación, que no ha pedido la baja ni denunciará, pero se niega a tramitar el proyecto.

∞

Esa misma noche Sebastián expone su tristeza a su hijo. Lo hace en el salón, con las lámparas apagadas, iluminado sólo por el brillo de las farolas. Sus rostros son apenas perfiles invisibles cuando se alejan de los focos de luz.

—No entiendo qué pasa. Mis amigos no me van a fallar, pero el dinero no llega. Lo que puso el abogaducho ese en la comida se está terminando. Siempre podemos hipotecar la casa.

Jacobo le responde que debe tener paciencia, que los procesos modernos son así. Las empresas están obsesionadas con la corrupción. Le sugiere que deje pasar unos meses para que se enfríe la bronca y sus amigos tomen conciencia de sus errores. Ángela, sentada en un sofá, en el otro extremo del salón, los mira con desprecio. Lleva los labios pintados con rojo flamígero y una camiseta con el estampado de una rosa y un cuchillo. Ha encendido una lámpara de mesa y finge leer las poesías completas de Alejandra Pizarnik: *Por eso cada palabra dice lo que dice y además más y otra cosa.* Sebastián, enrojecido por la ira, insiste y vuelve a escribir un mensaje a Fermín, su viejo amigo, que nunca podrá defraudarlo. Fermín le responde enseguida: sigue jugando al golf.

—¿Este hombre es idiota? ¿Se pasa el día jugando al golf? No entiendo qué pasa, no comprendo nada.

—Si queréis, os lo explico. Habéis fracasado. Se nos notan demasiado las intenciones. Somos clase media y siempre lo seremos, no tiene nada de malo. Asumidlo pronto porque si hipotecáis la casa la perderéis y entonces sí que pasaréis vergüenza —dice Ángela, sin levantarse del sofá, con los cascos sobre el cuello.

—Cállate, desgraciada. Eres lo peor de la familia. Díselo tú también, Jacobo.

Jacobo se pierde por el pasillo. No puede aceptar lo que afirma su hermana, pero tampoco puede negarlo. Bajo ningún concepto aceptará la hipoteca de su único patrimonio. Siente ira hacia su padre y su hermana, también hacia su madre, que permanece ausente, allí donde esté, o hacia los amigos de su padre, tan ingratos. Siente tanta ira que toma un cuchillo de cocina y un trozo de salchicha, los esconde bajo su chaquetón marinero y recorre todo el barrio hasta que encuentra un gato callejero. No le cuesta que el minino se acerque hasta la salchicha, tampoco que el cuchillo roce su cuello. Sólo el miedo a que la sangre manche el puño de su chaquetón impide la muerte. Sebastián, mientras tanto, pasa una noche de insomnio absoluto, sin el alivio del duermevela. A la mañana siguiente, mientras bebe un café molido por él mismo y contempla cómo amanece sobre los tejados de Madrid, toma conciencia de la verdad: su amigo Fermín no quiere hablar con él. Es increíble, pero se avergüenza de la bronca con aquella recepcionista. Una miserable empleada que a nadie le importa. Por Dios, qué tiempos.

A media mañana recibe la llamada de Joaquín, el hijo de Fermín. No sabe que ya ha hablado con Jacobo. Mientras le saluda sonríe, porque sabe que lo entenderá todo. Adora a los amigos de su padre y entiende que nuestros códigos son diferentes, que los viejos gritamos y a los cinco minutos nos arrepentimos. El joven es cariñoso, le vuelve a agradecer la invitación a la comida y le insiste en que nunca habrá una generación como la suya, tan valiente, que abrió camino en un país arrasado por la guerra.

—Mira, Joaquín, hijo, sabes cuánto te respeto y cuánto admiro vuestro trabajo. Por eso me extraña tanto que no hayáis respondido. Os hemos enviado toda la documentación que pedisteis, sólo ha faltado nuestra partida de nacimiento.

—Sí, son muy pesados con los procedimientos. A mí también me tienen frito.

—Ayúdanos. La vida de muchos depende de ti —le ruega, sabiendo que la única vida que depende de esa decisión es la suya.

—Sebastián, amigo, estoy atado de pies y manos. No puedo hacerlo. No tenemos votos suficientes en la empresa. Mi padre no te lo contaría nunca porque es muy orgulloso, ya lo sabes. Después de la salida a bolsa sólo controlamos un cinco por ciento. Si te diera carta libre, en el consejo me mirarían mal. Ten en cuenta que la mayoría pertenece a un fondo de inversión de Atlanta. Nos quieren para que los llevemos a cenar y al Prado. Somos un lastre, más viejos que las pesetas.

—¿Te han contado el rifirrafe? No fue para tanto, los jóvenes os escandalizáis con cualquier cosa. No quise molestaros con esa tontería —dice con una mezcla de culpa e irritación, deseando tener a su lado a esa puta recepcionista y azotarla hasta la sangre.

—Sí, lo supe en el momento. Aquí se cuenta todo y molestó a la nueva dirección. Ya sabes cómo son los americanos con estas cosas. A veces creo que no les falta razón porque los procedimientos mejoran.

No pierde la ocasión de ganar una baza para su propósito. Debe bajar los aires de ese pedigüeño.

—Lo siento, no volverá a ocurrir —afirma Sebastián con una mezcla de culpa e ira, ante la sorpresa de su hijo y de su secretaria, que nunca lo han visto disculparse.

—Lo hecho, hecho está. Es admirable que aprendas así de tus errores. Mira, te voy a dar mil euros de mi propio dinero, que no es tanto. Tengo un sueldo, tres niños en edad escolar y todos quieren estudiar en Estados Unidos, pero tu proyecto lo merece —dice el joven, preparando el desenlace de la conversación.

—Gracias, amigo, cualquier ayuda vale.

Sebastián sabe que no dice toda la verdad, cierra los ojos, siente la ansiedad subiendo por su garganta y le da las gracias de nuevo. Deben pasar a recoger el cheque a la sede del despacho porque viajará a Nueva York y a Chicago durante dos semanas. Sebastián le comenta que enviará a un mensajero, pero el joven le indica que debe recoger el sobre en persona. Le cuesta demasiado esfuerzo para arriesgarse a que se pierda. Sebastián está a punto de pedirle que haga una transferencia, pero no se atreve.

Irá al día siguiente. Una recepcionista se lo entrega con frialdad. Sebastián no sabe si presenció el incidente y teme que sea esa la causa de su actitud. En la calle, bajo la sombra helada del rascacielos, rodeado de jóvenes ejecutivos, se pregunta para qué se humilla si apenas le sirve para medio mes de gastos. Está a punto de plantearse su despido, pero en seguida se reafirma. Hay que mantener la presencia. Un hombre de su edad, sin despacho ni secretaria, no puede recaudar fondos. Además, sin la secretaria debería pagar los platos rotos con Jacobo. Ángela cada día está menos disponible para la pelea.

Pese a su edad, pasados ya los cincuenta, cuando las manos empiezan a perder precisión y el cerebro velocidad, Sebastián sigue operando cada dos días. Aún es un cirujano hábil, aunque rutinario. También ha dejado de seguir con tanto detalle a los pacientes, de llamarlos meses después de la operación para comprobar su estado. A quienes no abandona nunca es a los moribundos, incluso mejora su atención porque por su edad se aproxima a su propia muerte. Agradece, sobre todo, la agonía de los jóvenes, mucho más dramática, llena de respiraciones profundas, jadeos y deseos imposibles. Sabe que nunca tendrá valor para intervenir, para acelerar el proceso con sus manos, pero también que todos debemos aceptar la frustración. Podría vivir una digna entrada en la vejez, pero el fracaso de la ONG le amarga. Tal vez podrían bajar sus pretensiones y repartir bocadillos a los desheredados que duermen en chabolas, a pocos kilómetros de su casa, sin otro calor que el fuego, rodeados de ratas, barro, heroína y navajas. Cuando su gestor se lo propone, en una charla telefónica sobre las posibles salidas, no llega a responder. Las fotos de los campamentos gitanos no son bonitas, no pueden ser enseñadas en los consejos del IBEX o en las tardes del jueves en su casa. Quienes aparecen en ellas son los que roban los pisos en verano o las bicicletas de sus hijos, quienes fracasan sin descanso en los colegios. No hay en ellos la bondad y la inocencia de los africanos o de los pocos asiáticos pobres que restan. Por desgracia Indochina se ha desarrollado y las sedas y la elegancia natural de los orientales apenas aparecen en los folletos. Pero para llegar hasta África o a la escasa miseria que queda en Oriente no le vale con los mil quinientos euros que le restan tras una extensa campaña de mendicidad. Precisa más, mucho más. Y no sabe cómo conseguirlo. De repente, esa misma noche, cuando ya se ha acostado, después de dos whiskies solitarios de su cosecha particular, cierra los ojos y una idea luminosa cruza su conciencia como una estrella fugaz. Ya sabe a quién debe llamar. Contactará con quien salvó su matrimonio, aunque también lo arruinara. Había dejado de llamar a Tobías en privado porque creía que no lo necesitaba. Lo consideraba una humillación, una cesión de su independencia y la idea de pecar para arrepentirse no termina de convencerle. Le fatiga, aunque lo prometa en las reuniones del grupo. Bastante hace yendo a las reuniones y arrepintiéndose de aparcar en doble fila, beber demasiado o insinuarse a alguna mujer cuya seducción nunca concreta. Sólo un pecado sigue atrayéndole: vengar la muerte de Blanca. Sebastián se siente débil. El suelo de su vida, lo que creía asegurado, es mucho más frágil de lo que pensaba. Su influencia, su peso en sociedad, apenas le ha permitido recaudar cuatro mil euros. Ha fracasado, pero no puede asumirlo. A la mañana siguiente descuelga el teléfono. Tobías le responde con la cordialidad habitual y enseguida cierran una cita. No quedan en el chalet de la sierra. Aprovechan el buen tiempo y pasean por el barrio de Salamanca.

Tobías le escucha mientras caminan por la calle Serrano, rodeados de ejecutivos y de señoras que entran y salen de las tiendas, que aún son antiguas y únicas. Todavía quedan corseterías, boutiques que exponen batas de verano, telas estampadas y bañadores demasiado grandes. Hay confiterías, cafés o bares donde los oficinistas desayunan churros o comen menús. Se sientan a tomar un whisky en Gregory, un viejo bar del barrio, rodeados de hombres y mujeres maduros, en un ambiente que copia lo británico, con madera y cuadros de caballos. Está medio vacío. Sólo en el extremo, bajo un cuadro que muestra un purasangre oscuro, dos mujeres en el límite de la vejez conversan sobre las novias de sus hijos y lo poco que ellos comprenden el sufrimiento de una madre. Tobías también pide un Johnnie Walker etiqueta negra en vaso bajo, con dos hielos. A Sebastián le extraña que beba junto a él, pero también le honra.

Le cuenta de nuevo su sueño. Le dice que desde pequeño creyó que ganaría el Premio Nobel. Imagínate, le explica, el Premio Nobel nada menos. La ONG ha renovado un sueño que ya creía imposible. Sabe que sólo cuenta con un despacho, una agenda y una secretaria, pero se ve en Oslo, recibiendo el premio junto al rey de los noruegos. Mientras lo cuenta, y contempla de nuevo la perplejidad del gurú, se siente ridículo y se da cuenta de que nadie fuera de la familia puede entenderlo. Añade para justificarse que cualquier sueño, si se expresa, resulta ridículo, incluso imposible. ¿O no quieren todos los futbolistas ganar la Copa de Europa o el Mundial? ¿No ansían todos los dictadores conquistar el mundo y todos los iluminados salvar a la humanidad?

—Amigo Sebastián, la búsqueda de reconocimiento es la mayor de las desdichas porque lo pones todo en manos del otro. De alguien que puede, a su antojo, elogiarte o machacarte. Céntrate en lo que deseas, al margen de los demás, y no olvides pecar —dice mientras toma un trago largo de whisky, que saborea lentamente. Parece un hombre feliz, que no tiene demasiadas ganas de escuchar a su amigo.

—Estoy angustiado, de verdad, pero no tanto por mí, por mi hijo o por el Premio, sino por todos los que morirán si la organización no consigue fondos.

Sebastián mira a su alrededor, cree que alguien lo rodea y lo escucha, con envidia y con admiración, tal vez para espiarle. No puede asumir la verdad: sus problemas no le importan a nadie, ni siquiera a su propio hijo, que en ese momento está tirado en el césped de la facultad, intentando ligar con una compañera. Tobías tampoco le hace mucho caso. Le asegura que entiende sus problemas y que le honra buscar una respuesta. Antes de irse le pregunta por un amigo suyo, que estaba en la comida y es consejero de una constructora. Ha dejado de ir a las reuniones y le preocupa que le haya ocurrido una desgracia.

—No lo sé, pero esta noche lo llamo y te cuento —le dice Sebastián con la mano temblorosa, sujetando el vaso de whisky.

—Hazlo, era un contribuyente importante y no podemos vivir sin fondos. Algún día tenemos que hablar de tu contribución a nuestro círculo. Alguien tan solvente, un cirujano de auténtico prestigio, no puede aportar tan poco. Me voy, amigo Sebastián, tengo una cita. Tus preocupaciones son lógicas, sólo te falta creer en ti, pecar de vez en cuando y aprovechar la fuerza de la culpa. Si sabes algo de tu amigo, no olvides comentarme. Somos una comunidad —dice bajando la voz casi hasta el silencio, mientras aprieta el hombro de Sebastián, dejando en el aire un suave aroma a whisky.

Las señoras se levantan al mismo tiempo, tal vez buscando, sin saberlo, un encuentro con el apuesto anciano, que les sonríe, abre la puerta metálica y les cede el paso. Por supuesto, Sebastián pagará la cuenta, al igual que haría si se hubiesen quedado juntos hasta el final. Todo ha ido bien, se dice, aunque la charla no le haya aliviado. Tobías no lo puede todo, continúa mientras deja el whisky a medias, se levanta y se aproxima a la calle, añorando que alguien coquetee con él, pese a hallarse en el prólogo de la vejez. Mientras pasea por la calle Velázquez, camino de su casa, piensa que tal vez la indiferencia de Tobías sea premeditada, que lo buscado con su silencio sea que tome las riendas de su vida, sin depender de un criterio superior que le vigile.

Gracias, maestro, se dice mientras sigue negando su angustia, que no se haya sentido escuchado ni comprendido. Si se ausculta con la sinceridad que el propio Tobías exige a sus pupilos, encuentra que el gurú sólo se ha preocupado del empresario ausente. Al fin y al cabo, él, Sebastián, es un médico con pretensiones, un hombre pusilánime que vuelve a donde lo golpearon y que deja que lo expriman. La toma de conciencia le obliga a sentarse en un banco de la calle. Incluso una señora se le acerca y le pregunta *¿caballero, está usted bien?* Debe calmarse y no prejuzgar. Tal vez Tobías estaba preocupado por otro tema. Cuántas veces creemos que somos el problema de nuestros amigos cuando ni siquiera se permiten pensar en nosotros, abrumados por su propia vida, piensa, admirado por su propia reflexión. Se levanta y camina por Velázquez a buen ritmo. Se demostrará a sí mismo que quiere y puede ser feliz. Sin embargo, la voz interior regresa con una certeza inapelable. Eres un médico fracasado. No te ha hecho ni caso y su amigo se ha follado a tu mujer. Además, te ha cobrado cada minuto que has pasado con él y sigue pidiendo dinero. Lo demás son historias.

Esa misma noche, después de cenar una simple tortilla francesa, tras confirmar que Ángela está otra vez de tertulia con los poetas, sentado en la butaca de siempre, con los mismos ensayos de Montaigne sobre las rodillas, ríe a carcajadas. ¿No quiere Tobías que peque? Lo hará, y tanto que lo hará, porque mandará al infierno al bastardo que mató a su mujer. Esta vez no fallará. Será su única gloria, lo único auténtico que ha hecho en su vida.

A la mañana siguiente, tras una noche de insomnio, la decisión nocturna no se evapora, como ocurre tantas veces. Cree que su acierto es absoluto, que la opción elegida es la única que cerrará el círculo. Mientras se viste de cazador vuelve a reír frente al espejo, mirando su propia risa, como si fuera un malvado de película muda. Es un plan perfecto. Por un lado, vengará a su mujer, por otro comprobará, con un auténtico pecado capital, con un crimen sin atenuantes, si son ciertas las teorías siberianas, si es verdad que la energía de la culpa acerca a Dios o si, como intuye, es todo una falacia. También, aunque se niegue a aceptarlo, pondrá en su sitio a Tobías. La necesidad de castigo es compatible con el respeto y el amor, aunque a veces los destruya. Además, no sólo contemplará de nuevo el fulgor de la muerte, que tanto busca en sus pacientes, también cumplirá uno de sus deseos secretos:

sentir el poder de causarla, ese absoluto que apenas poseen Dios, el Estado y los asesinos. Llama al hospital y cancela todas las consultas del día, incluso una operación urgente y paliativa programada para esa misma noche. La enfermera, que no está acostumbrada a tales cambios en un profesional tan riguroso, le pregunta con inquietud si se encuentra bien. Él responde con claridad.

—Mejor que nunca. Debo cerrar unos flecos pendientes. Cosas de familia —dice mientras baja al garaje, enciende su viejo Rover y toma la carretera, medio vacía a esas horas tan propias de ociosos. Antes de llegar a la finca, para en una estación de servicio. Compra una lata de gasolina, una cadena metálica y un candado. Cree que el dependiente intuye sus intenciones, que le mira con extrañeza, pero será olvidado en cuanto salga por la puerta.

Aparca lejos, junto a una cerca derrumbada, y observa a Nicolaj desde la distancia, con unos prismáticos, protegido por unos matorrales. Es imposible que le vea, los separan doscientos metros y varias hondonadas, cubiertas por olivos y encinas. Gracias a las lentes aprecia que está paseando con su viejo caballo, dando vueltas en círculo. Su cabello ha encanecido, tiene arrugas y su espalda ya no está tan erguida. Piensa entonces si merece la pena matarlo, pero el casete regresa a su memoria para mantener el propósito. Escucha en su conciencia los gemidos de su mujer, en una grabación vieja y llena de ruido. Comprueba que sigue teniendo alumnas, más que alumnos, y que apenas practica la equitación cosaca, de cuyas acrobacias era un maestro. Ve cómo, para impresionarlas, se tumba sobre el caballo y levanta las manos, como si fuera un hombre herido que reclama una cura. Pese a la pérdida de reflejos ha mejorado en la doma: sus caballos levantan las pezuñas cuando lo ordena y se detienen cuando lo desea. La mayoría de sus alumnas visten con pantalones blancos, inmaculados, y botas de montar. Algunas llevan un gorro rojo, que deja salir su cabello, recogido por una goma. Sebastián deja que las horas pasen, que el sol descienda hasta la noche, que llegue el frío seco de la sierra y la última alumna se vaya. Sabe que la próxima no aparecerá hasta la mañana siguiente. Está decidido, pero debe tomárselo con calma. La prisa puede acabar con él. Debe esperar, escondido tras los matorrales, hasta que, cansado de tanto trabajo, Nicolaj entre en su cabaña.

Nada ha cambiado en su refugio. Sigue siendo igual de rústico, con su madera prefabricada llena de grietas por donde el frío se cuela durante el invierno. La lluvia es contenida por unos plásticos que convierten a la estancia en una especie de chabola. Nicolaj no concede ninguna importancia al frío. Cree que nunca, desde que vive en España, ha vivido nada comparable a aquellas noches en Rusia, cuando el termómetro descendía hasta los treinta grados bajo cero. En el interior hay una cama siempre revuelta, cuyas sábanas no son cambiadas, sino arrojadas a la basura cuando la suciedad no permite acostarse en ellas. Sólo la generosidad de sus alumnas ayuda a que tenga una silla, una mesa y un pequeño ordenador donde apunta las matrículas.

Sebastián no puede evitar preguntarse si su mujer ha dado su vida por ese hombre. Se ha convertido en una medianía, en un aspirante a viejo, sin fuerza. Vuelve a dudar, tal vez el asesinato sea una crueldad innecesaria que le dejará mal sabor de boca durante toda su vida, y vuelve a reafirmarse. Debe agradecer que sienta pena por el maestro porque esa pena le ayudará a arrepentirse con aún más fuerza, con mayor vigor. Si lo odiara, todo sería más difícil. Además, sabe que será llorado por un par de alumnas, pero nadie lo reclamará. Pese a su éxito con las mujeres no tiene suficiente categoría para que nadie se meta en líos por él.

Regresa al coche y saca la lata de gasolina. Avanza entre las encinas y los pinos, pisando la tierra, llena de hojas, piñas y pequeños insectos, donde su esposa fue feliz. Llega hasta la caseta de madera, la cierra con la cadena y el candado que acaba de comprar. Abre la lata, la huele, la esparce por la casa con generosidad, como quien riega una planta ansiosa de agua. Nicolaj grita, quién anda por ahí. Sebastián no necesita que el asesinado sepa que por fin se ha vengado. Le parece una vulgaridad innecesaria que quiere evitar, aunque sepa que culminaría el castigo. No tiene ninguna oportunidad de escapar y su sufrimiento será mucho mayor. Nicolaj intenta abrir su casa pero no puede y grita, ábreme, ábreme, mientras Sebastián termina de salpicar con gasolina toda la casa. Después saca un pañuelo blanco de algodón egipcio, lo moja con lo poco que queda en la lata, lo mete en un casco vacío de cerveza y enciende su mechero rojo. Siente una avalancha de furia, que borra la pena y la sustituye por odio. Prende el pañuelo, contempla por un instante los tonos rojos y azules de la llama y quiere lanzarla, pero la mano no se mueve. Ha regresado, desde el fondo de la conciencia, la única vez que estuvo frente a un tribunal. Mientras la botella arde y Nicolaj sigue gritando, golpeando a patadas la puerta, Sebastián imagina que es machacado por la prensa y por los programas de tarde de televisión, por los reporteros que hacen guardia frente a su casa. También escucha los gemidos de su mujer, en la misma sala del tribunal, y las carcajadas de millones de espectadores. Se imagina, también, décadas después, paseando por el patio de la cárcel, rodeado de delincuentes mediocres, malolientes, comiendo rancho. Aún está a tiempo de huir, Nicolaj no lo ha visto. Tira la botella a un charco y sale corriendo. Soldado que huye, piensa, sirve para otra batalla.

Mientras regresa al coche, sin girarse, escondiéndose entre los matorrales, huyendo hasta de las ardillas, escucha gritos, que prefiere confundir con cantos de pájaros extraños y rituales de fecundación entre las ramas. Prefiere no imaginar, aunque lo haga, a Nicolaj reventando el cerrojo o saliendo por la ventana, su perplejidad frente a la botella, la lata de gasolina y el olor a combustible. Nada de eso tiene importancia. Se ha equivocado, todos cometemos errores. No puede evitar, sin embargo, que una voz que lo llama cobarde, miserable, resuene en su conciencia. La calla diciéndose que sólo ha sido un primer paso, que la siguiente vez mejorará su plan y no fallará.

Sebastián no regresa a la ciudad. Avanza por la carretera vacía y toma el desvío de la sierra, concentrado en las curvas. La pendiente aumenta en cada giro. Intenta domar los nervios, pero las imágenes de la caída por el desfiladero se suceden. No sabe hacia dónde se dirige, pero sí que encontrará lo que busca. Tras dos curvas cerradas encuentra una pequeña explanada. Al fondo alguien levantó un mirador: tres piedras colocadas como un banco, orientadas hacia el paisaje, aún nevado en las montañas más lejanas. Es el lugar, no va a pensarlo más. Baja del coche y camina con decisión hacia las piedras. Se sienta en la más lisa y, rodeado de pinos de amplias ramas, con un suelo de ramas y piñones bajo sus pies, inicia el arrepentimiento, aunque sea por una chapuza. No puede, no se siente culpable, sólo ridículo. Hasta su corazón llegan la rabia y el rencor porque, como dijo Ángela, toda su vida es un engaño, empezando por su apellido. López de Lucena ni siquiera suena bien, no es armónico. Recuerda, entre la bruma, que cuando era niño oyó hablar de los Lucena. No los mencionaba su padre, sino ellos mismos, esos parientes lejanos que casi nunca aparecían, pero no lograron borrar. Recibe los pensamientos con los ojos cerrados, mientras la brisa roza su cara y las palabras de su hija perseveran: *habéis fracasado*. Siente rabia por tanta lucha por destacar, por ser admirado, y regresan las palabras de Tobías en aquel primer encuentro: *tu único enemigo es el ansia de reconocimiento*. Recuerda también las prótesis de pulmón y la traición en la comisaría, el desprecio a Ángela, tal vez la única capaz de ver la realidad, y los elogios desmesurados a Jacobo. Sólo Blanca habría detenido la maldición familiar. Pero nunca volverá, ni en cuerpo ni en espíritu, y sus hijos crecerán con el corazón quemado. Quiere llorar, pero las lágrimas no llegan a los ojos —sin embargo, la ausencia de Blanca no es lo peor porque carece de remedio. Lo peor es que, aunque ni lo sepa ni pueda saberlo, la lucidez que por fin ha logrado, que le dobla sobre sí mismo ahí, en la montaña, rodeado de pinos silvestres, bajo un suave viento, pronto desaparecerá y el anhelo que le ha dominado toda la vida, que grabó su padre en su corazón y que él mismo ha grabado en su hijo Jacobo, volverá a poseerlo y nada cambiará—.

AGRADECIMIENTOS

A Eduardo Laporte, Elena Sánchez, Lucía Hernández-Canut, Silvia Bardelás, Beatriz González, Jimena García, Miguel Ángel Serrano, Cristina Pineda, Elvira Navarro y Pilar Fraile.